爱你的时候

张雪 著

《爱你的时候》散文集像一株从土里萌发的小草，在甲辰金秋露出地面，顶叶上的露珠还在微风中颤动。

陕西新华出版

陕西人民出版社

图书在版编目（CIP）数据

爱你的时候 / 张雪著. -- 西安 : 陕西人民出版社,
2025. -- ISBN 978-7-224-15817-5

Ⅰ. I267

中国国家版本馆 CIP 数据核字第 202549D17B 号

出 品 人：赵小峰
责任编辑：张　颖
整体设计：青年作家网

爱你的时候
AINI DE SHIHOU

作　　者　张雪
出版发行　陕西人民出版社
　　　　　（西安市北大街 147 号　邮编：710003）
印　　刷　三河市华东印刷有限公司
开　　本　880 毫米＊1230 毫米　1/32
印　　张　7.75
字　　数　146 千字
版　　次　2025 年 7 月第 1 版
印　　次　2025 年 7 月第 1 次印刷
书　　号　ISBN 978-7-224-15817-5
定　　价　68.00 元

如有印装质量问题，请与本社联系调换。电话：029-87205094

自　序

小时候，我特别崇拜文化人。在农村老家，文化人被称为"明眼人"，也有唤作"大老细"的，而不识字的人被叫"睁眼瞎""大老粗"。没读过书的人的思维方式往往比较极端，这种带有强烈反差和明显偏见、非此即彼的称呼在农村司空见惯。

文化人从外观上就透着与众不同。他们着装朴素得体、整洁雅致；说话像念戏词，斯文睿智；走路永远都是不急不缓，即便暴雨骤至，也不曾慌乱。在农村，婚丧嫁娶是头等大事，主家需预约力邀，作为一场大戏的主角——文化人才闪亮登场。写对联、坐账桌，他们当仁不让。宴席上坐首席，算是给主家脸上贴金，说他们威风八面也不算夸张。

早年村小的陈老师是我心中的第一文化人。他身材颀长、面庞清瘦、平稳淡然，仿佛一切尽在掌控的语调是他的鲜明特色。星期五的作文课上，他让我们写《秋》。那时我们语文课本上有一篇关于秋的文章，这篇课文还没学习呢，开首便是"秋高气爽，阳光灿烂"，给我印象很深。尽管当时我并不能理解"秋高气爽"中的"高"与"爽"的含义与意境，但在缺少读物的年代，我坚信这是我结识的最好的词句。于是我一意孤行，刻意效仿，也以"秋高气爽，阳光灿烂"作为我的作文的开篇。交上作文后，我的心里像揣着一头小鹿，仿佛做了小偷般心跳。意外的是，作文讲评课上，陈老师当众分享我的作文，尤其是对文章的开头给予肯定。我坐在座位上一直不敢抬头，只恨地上没有一道缝好钻进去。看来，文化人可不是那么好当的。

升入中学，学校公推我参加"睢宁县中学生科技创新作文大赛"。"科技创新"对农村孩子来说是个新生词语。赛场上我脑洞大开，以农村司空见惯的水珠可以在荷叶上无痕迹滚动这一自然现象为基础，设想制造一种无色透明的"荷叶玻璃"——遇雨水、污渍，无须擦拭，无论做眼镜、做门窗、做车窗，都是一项彻底性革命。出了考场，语文老师问我作文构思，我和盘托出。老师拍了拍我的头，笑着说了一句："难为你，怎么想起来的？"一时我听不出这是批评我还是表扬我。不过后来我知道那句话是认可的意思，因为在那场不分初中高中学段的中学生科技创新作文大赛中，我是初中学段唯一的一等奖。手捧奖状和奖品，我没有兴奋和开心，内心只有疑问：我具备成为一个文化人的潜质吗?

进入大学，第一次班会课上，班主任郭老师当众宣布要我做他的助手，原因竟是我高考语文成绩在物理系新生中名列榜首! 这太出乎我的意料了，得益于这个偶然的因素，我成了班级第一执笔人。于我，这既是信任，更是鞭策和激励。为文化专栏组稿，为班主任写新年贺词、期末总结，为同学修改演说稿，以至于好友的求婚信都要我先过目。有趣的是，全校软笔书法比赛组委会竟然将一等奖的荣誉授予我，班主任的兴奋溢于言表: 开创了物理系历史的先河! 其实我学写毛笔字纯属偶然。我同族同房的邻居二大爷一直是我们村的笔杆子，小时候念过私塾，毛笔字写得洒脱，谁家有红白喜事少不了请他。他是一个家族观念极强的倔强老头，有一句话常挂嘴边: 他担心他的衣钵无人继承，死后果真要去请异姓人给他写灵联，颜面丢尽事小，他怎么向地下的列祖列宗交代! 为此，他要我跟他学写毛笔字。谁承想当年的误打误撞之举竟成就了此番荣誉。教中学物理教法的是大名鼎鼎的胡兴文教授，他说我的毕业论文《艺术手法在物理教学中的应用》投其所好，正中下怀。他毫不掩饰地说自己就好文学这一口，给了满分! 我有些飘飘然，我是不是与文化人的距离又近了一步?

母亲目不识丁，是标准的"睁眼瞎"，平生最见不得孩子不学习。她把我与妹妹上学时没有用完的作业本全部找出来，资助本族里的孩子们。记录我多年生活的日记本整整三纸箱，她逐一打开，凡没有字迹的空白纸被她全部撕下，在她看来这才是有价值的。其余带着我多年体温的文字，在一番讨价还价后被收废品的一扫而光。母亲不知道的是，族里的孩子们根本不缺少作业纸，自己的作业本都用不完呢。孩子们接到手，想都没想，在母亲转身后就把这连揩屁股都嫌硬的日记纸丢进了柴火堆里。曾经记录我天真梦想的稚嫩文学"芳草绿"被母亲的善举冲淡，早已无迹可寻。有用和无用皆在一念之间，母亲晚年时还时常懊恼自己不经意间的唐突之举呢。

踏上工作岗位，最大的享受莫过于每月有足够的薪水可供自己支配，最大的自由莫过于逃离了学生时代每天书山题海的束缚，更大的好处是每天有大把的时间可供自己随意支配，真是无比幸福。当每天记一篇日记成为一种习惯，当记日记成为一天中第四顿饭的时候，原本的负担便成了追求。渐渐地，日记的形式被腾讯微博和腾讯说说取代，键盘码字远比传统手写更让人愉悦，更时尚，也更引领潮流。尤为难得的是，过去的日记不便与人分享，而每天更新的腾讯微博和说说却能被所有人看到，且只要看客愿意，可任意留言，附上心得及感触。空间日志里文章更新慢了，好友急不可待。每每看到好友留言，那种被人认可的需求丝毫不逊色于报纸杂志的用稿通知。一位好友在我QQ上留言，说在《扬子晚报》上看到了转载于《现代作家文学》的散文《门前丝瓜藤》，并为我点赞。其实事前我已经接到编辑的通知，藏在皮袍下的虚荣还是在乎别人点赞，至少从心理上拉近了我与文化人的距离，我是这么认为的。

虽说住在城里，每逢乡下老家有人家婚丧嫁娶，我总要亲自前往。昔日风光无限的文化人或已作古，或步履维艰，老如廉颇，一出大戏的主角陆续退场。没有辜负二大爷的期望，我顺理成章地坐上了幼时眼中文化人的位子。只是斗转星移，世事变迁，如今文化人早已没有昔日的荣光。农村的婚丧礼仪依旧，当下人对传统礼仪的传承和对人生死的认识在意识层面却出现严重偏差。写婚联、灵联时照例有人围观，说一些文化人不愿听的外行话、奉承话。偶尔也有昔日文化人到场，喝着酽茶，晒着暖阳，只是缺少了像幼时的我一样狂热追"星"的人。我终于明白二大爷的苦心。今日我能送风烛残年的老人很体面地走完最后一程，他日有谁会帮我拉上人生散场的大幕呢？果真应了《红楼梦》中的一句诗："侬今葬花人笑痴，他年葬侬知是谁？"文化需要传承人，文化人当担此重任！

文化人应该有文化人的样子，不改初心只是心志，要紧的是有一件能拿得出台面的东西！《爱你的时候》散文集像一株从土里萌发的小草，在甲辰金秋露出地面，顶叶上的露珠还在微风中颤动。终究是稚嫩了些，还不能承受烈日的辐射、行人的脚踏。能给这个世界带来一丝嫩绿就好，多年后也可聊以自慰：这个世界留下过我的印迹。

张　雪

二〇二四年秋于睢宁金园巷陋室

目录

乡村人物志

亲情篇

乡村人物志

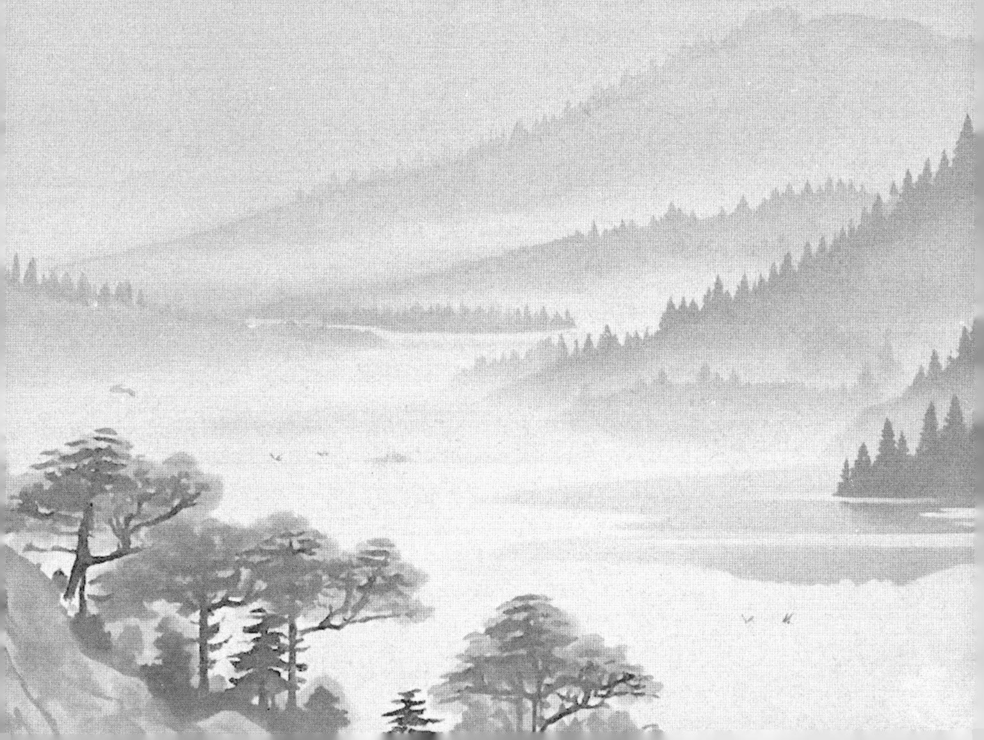

三哥（1）

去彭井学校读初三，缘于我大爷的一句豪言壮语："吃住都在我家，包了！"计划经济年代，农村哪家生活都不宽裕。大娘去世早，大爷一人领仨孩子过日子，本已不易，徒添一张嘴，哪里像大爷说的"多添一瓢水的事"那么简单。好在跃进河从前彭村前流过，这儿水稻、麦子的产量远比其他村高出很多。大爷家虽说没有余粮，但从来也不会拉饥荒。我那时瘦小，饭量不大，一周有一半时间在自己家吃饭，大爷家的生活自然也没有因为我的存在而降低水准。

大爷年轻时在外闯荡谋生，曾在上海落脚，见多识广，每每与人聊天都会以此为荣。由于吃过没有读书的亏，大爷平生最喜欢读书人，偏自己三个儿子都不是读书的料，早早辍学在家，看到我平时手不离书，学习用功，自是喜欢得不行。听说我的成绩在学校一直位列前三名，他逢人便说："我那侄子是秀才，将来必成大器！"

　　大爷家的邻居是标准的四口之家，按辈分我唤户主三哥。三哥个头不高，一米六，微胖，退伍军人，言谈举止不疾不缓，温文尔雅。他给我的最初印象就是古装戏曲舞台上穿厚底高靴的老生，我一度羡慕他自我约束的定力。三哥在生产队是拖拉机手，还有一门祖传的木匠手艺，把四口之家的小日子过得红红火火。那时比较时尚的手表、大座钟、收音机、缝纫机、自行车，普通人家能有一件或两件已属不易，可这些在三哥家皆属居家生活必需品。

　　与普通老百姓最大的不同在于，三哥每天都要看报纸、听新闻。在食不果腹的年代，也有人读书看报，但大多仅是翻翻而已，肚子饿得咕咕叫，谁还会有识文断句的雅趣？能把看报纸、听新闻当作生活的一部分，在我的视线所及之处，三哥堪称第一人。

　　三哥有一双儿女，他给儿子起名"越西"，众人不解，问他，他也不答。后有一女，起名"月楠"，众人更是困惑。农村人起名讲究吉祥、顺溜，至少也该有个来由，"越西""月楠"怎么解？一天午饭后，三哥在看报纸，我径直走过去："三哥，你家'月楠'两个字错了！"三哥放下报纸，摘下眼镜，似乎有些吃惊，三嫂也笑眯眯地走过来。我递过一张纸去，三哥看见"越西""越男"，仰天大笑，拍拍我的头，笑眯眯的眼神流露着赞许之意。自此，我时不时在三哥没事的时候与他聊天，他也乐意给我讲古今中外的趣事。在课外读物严重匮乏的年代，对我来说，这样的机会既能拓展见识，又能激发求知欲望，尤其难能可贵。我跟随三哥养成了平日看报纸、听新闻的习惯，至今不辍。

一年的时光不算长也不算短，很快我就离开大爷家，去集镇上读高中。再次知晓三哥的近况已经是三年后的寒冬。寒假期间，我去前彭看望大爷，与三哥却未能相见。三哥家"铁将军"把门，透过门缝看见院内石阶边枯草摇曳，檐下蜘蛛网洞穿，一片荒颓的景象。三哥向村委承包村前的那段跃进河养鱼，在联产承包责任制实行之前，此等壮举尚属首创。跃进河畔水鸟飞，稻花香鲤鱼肥，眼见丰收在望，孰料夏季汛期提前，连日暴雨冲垮了跃进河的栏网，一年多的辛苦毁于一旦。三哥负债累累，全家进城，据说在城西卖小吃，一是照顾孩子上学，二是聚财还债。

接到传达室电话，说老家三哥来找，特别强调是"越男的父亲"。当满头白发、腰背微驼的三哥微笑着向我走来时，我一时竟激动得不能自已，与三哥不得相见已三十余年。在我的办公室坐定后，来不及叙旧，三哥便说明来意：通联族人、修缮族谱，筹集善款。想来也是，修缮族谱此等庄严神圣之事，非三哥这般德高望重之人领头不可。午饭时间，我欲邀请同事作陪，在酒店招待三哥，三哥摆手拒绝，"年事已高，身体每况愈下，烟酒已戒多年"，让我不要"兴师动众"，"吃碗兰州拉面就行"，并相约"族谱修缮结束，我定亲自送来，与弟畅言"。

给我送族谱来的是大爷家的弟弟。"三哥呢？"看他身后无人，我着急地问。

修缮族谱终需东奔西走来往奔波，劳神费力。族谱修缮完毕，"三哥累倒了"。弟弟给我带话，"未能履约，深表歉意。"

我不知何时再能与三哥相见！

三哥（2）

三哥是我本房大爷的三公子，长我一岁，我们是发小。

三哥聪明。

小学时三哥在班里成绩从未跌出前两名，即便到了中学也总能名列前三。遗憾的是家境艰难，初三毕业之后选择了辍学，和姐姐、两个哥哥一起用稚嫩的双肩担负起九口之家的营生重担。那时大爷大娘身子骨不是很好，挣的工分很少。计划经济年代，六子一女的生活艰辛程度可想而知。印象中三哥很少穿新衣服、新鞋子，都是捡拾哥哥的旧衣裤穿。我清楚地记得我们哥俩去塘坊中学读初三时路上的一次闲聊。我说我喜欢冬天，没有蚊蝇叮咬，雪景如诗如画，更兼有年可过，好吃的好玩的都有，即使冷了，多加一件衣服就行。可三哥说他喜欢夏天，瓜果丰富，随便什么都可以填饱肚子；一条短裤都能过满一夏，热了到河里扎一猛子就完事。回家后我把这件事说给我妈听，我妈动情地自言自语："好孩子，长大了，快熬出来了。"直至今日，在本房邻里我的同龄人中，我妈最疼爱的就是三哥了。眼下我和三哥都在城里生活，有时三哥到我家说事，一见面，我妈总要疼爱地嗔骂几句，惹得大家开怀大笑。

三哥机灵。

大家都在生产队里日出而作、日落而息的时候，三哥便只身去省城闯荡，烧过砖窑，轧过钢材，而后又辗转到黑龙江的大庆、漠河做生意。这一路艰辛，是他人生最宝贵的财富。他也因此挣得人生的第一桶金，成就了最初的衣锦还乡。眼见着新房拔地而起，偌大的院落吸引了全村人的眼球。那一年我读高三，礼拜天回家坐在饭桌边吃饭，我妈像是自言自语："该有新人进门了。"再次从学校回到家已是寒假了，三哥也由单身一人变成了二人世界。按老家的习俗，新娘子过门当月，本房各家要请新娘子到自家吃一天饭，意指熟悉邻里，以防见面不知道怎么称呼场面尴尬。轮到我家时，我妈对我说把三哥也喊来，"请新人两口子"，我妈这在习俗上是开了先河。那天席间笑声不断，高潮连连。谈到不能继续读书的遗憾，三哥的话特多，也哭也笑，搂着三嫂说："什么也不说了，书不读了，今生我就读你了。"那天三哥醉得一塌糊涂，晚上在我家院落外面吐得一片狼藉。那时我家养了一条看家狗，舔食了三哥的吐弃物，醉得好半天不能平稳走路，让我妈笑得手捂肚子疼。前段时间三哥女儿出嫁，大家伙都在场时，我妈与三哥忆起旧事，又引起小辈们一阵狂欢。

三哥智慧。

如今三哥一家姐弟七人均已成家，各立门户。大姐出嫁本村，与四弟共同照顾老人；大哥从部队复员；二哥、五弟在省城发展；六弟在国外创业。三哥为家庭考虑得最多，留在县城。但凡家里大事小事，他家就是驿站，远的近的都在他家集中，然后大车小车装满各家老小，满载欢笑，浩浩荡荡向老家进发。那场面令村里人羡慕不已。我曾笑着对三哥说，这个场面里的你用两个词形容最贴切——派、酷，俨然领袖风范。三哥笑而不语，我知道这会儿三哥的心里是最美的。

三哥真是了不得。睢宁财政局老办公楼修缮是他的处女作；实验小学教职工宿舍楼地下工程是他的成名作；睢宁东方希尔顿大厦是他的代表作；外企驻睢宁经济开发区办公楼正欲封顶……不说声名在外，就算能在城内拥有几处房产，事业又如日中天，在大街上手搭凉棚也见不得几个吧。三嫂在家只做内务，顺手打理自己家的"鑫仕缘宾馆"生意，每天喜笑颜开自不必说，每逢遇到我就说一件事，三哥应酬太多，担心他的身体。

三哥是幸福的。

老队长

初夏的夜晚，田野一片寂静，偶有昆虫试探性鸣叫，像是呼唤伴侣，似乎害羞，旋即闭口无声。暖风习习，成熟的麦穗散发出醉人的芳香，铺天盖地，仿佛出浴女人诱人飘逸的体香，令人心醉。手电筒的强光突然撕破漆黑的夜幕，沿着麦田间的垄沟射出，一双红红的眼睛注视着光源不动。渐行渐近，猎人举起猎枪扣动扳机，"轰"的一声闷响，野兔应声倒地。枪口青烟尚未散尽，猎人捡起野兔，从肩上朝后一扔，精准入筐，动作娴熟潇洒，无丝毫拖泥带水。野兔肉质鲜嫩筋道，味美香浓，久食不腻，自古就有"飞禽莫如鸪，走兽莫如兔"的说法。然野兔远比家兔聪明，捉之不易，和野兔斗智斗勇，眼力、脑力、经验、胆识缺一不可。吴队长便是猎人中的佼佼者。

吴队长身材高大魁梧，虎背熊腰，说起话来声如洪钟，典型的北方大汉。他十八岁任生产队长，七十二岁离世，在行政基层任劳任怨五十四年，也算是不大不小的传奇。

吴队长从未进过学堂，所以目不识丁，即便是后来参加过扫盲班学习，斗大的字也认识不了几个，更别说写字了，这种情况在村里的十二个生产队长中绝无仅有。但是，吴队长记忆力超群，生产队里大到多年收入支出账目，小到哪一天某某出工迟到或早退等情况，除非不说，一说一个准。相传有一次吴队长去村部溜达，见村支书正和村会计对账，不便插话，便在一旁的长椅子上坐下打盹。年底的时候，村支书和会计登门来找吴队长，问他是否对那天提及的某一笔款项有印象，吴队长不光说出那笔款项的具体金额，甚至连那笔款项的来龙去脉都说得一清二楚。凭这般超强的记忆，只要吴队长经手或听过汇报的生产队往来账目，几十年来从未出过差错。

吴队长对吃喝很讲究，打野兔、捉野鸡是行家里手，撒网捕鱼更是一绝。冬季江河冰封，人都能在池塘的冰面上滑冰、玩陀螺。吴队长破冰捉鱼，手到擒来，说如探囊取物也不夸张。谁家来了贵客，喊一声："队长！记着来喝一杯！"吴队长绝不推辞，手提渔网，在塘边站定，转身、抛网、撒手，渔网在空中沿弧线张开，一个美丽的圆圈落在水面上，鱼儿被锁定，随即被拉上岸来。吴队长提着鱼来喝酒，主客皆大欢喜。酒桌上推杯换盏，气氛好不热闹。

吴队长育有一子，取名兔子，聪明伶俐，长相彪悍，却长我半岁。兔子生来惧怕读书，秉性如爹。从小学到初中，我们一直同班，他每每从家中带来零食讨好我，以便抄我的作业和考卷。在常光启老师的语文课上，他从最后排抛一纸团给我，掉在我的脚边。怕老师看到，我继续听课并没捡起。下课时，老师尚没有离开讲台，我后面几个同学如群狼争食般蜂拥而至争抢纸团。兔子一直遗憾："可惜了那兔肉！"我本没有吃零食的习惯，小学期间却没少品尝队长家的美食。

吴队长在家是绝对的权威。兔子从小没少被他揍，有时瞧见兔子被揍得厉害，我甚至怀疑兔子并非他亲生。"宁要败子不要赖子"这句口头禅他说了近半辈子。但传统偏激的教子理念让他晚年叫苦不迭。兔子最终没能有好的归宿，应缘于此。计划经济的时代，基层行政简单粗暴是行之有效的管理方式，但吴队长没有选择地套用集体管理模式来管理家庭，焉能不出问题？遗憾的是，吴队长晚年经历丧子之痛，依然未能意识到自己人生失败的根源。他血压陡升，因脑部血栓导致半身不遂，卧床不起。一个动辄发号施令、威风八面的将官突然变成困于一隅的困兽。吴队长郁郁寡欢，挣扎徒劳，不久便撒手人寰。

去年清明，我回老家祭祖，途经老队长坟前。老队长坟头灌木丛生，枯草荒芜。父亲点燃两支香烟，一支放于老队长坟前，一支自己吸着，叹了一口气："好人一辈子，后人怎么这么不争气！"其景冷冷清清，其情惨惨戚戚。

　　极致的人生不只是追求人前的风光与无限，重要的是人后的节制和自律。

吴瞎子

吴瞎子大婚，仪式自然是轰轰烈烈。那时村上还没通上电，家家户户点的都是煤油灯，吴瞎子将装六节电池的手电筒悬于房梁上照明，宴飨亲朋，可谓名噪一时。婚后，吴瞎子托人在城里买了一块地皮，意欲在城里安家，奈何爱人根深蒂固是种地人，担心去城里生活不习惯，死活不答应。加之吴瞎子本是一个注重家庭的人，叹口气，只得作罢，于是卖了地皮，收回银两，从此过上了城里乡下两头奔波的日子。

吴瞎子育有一儿两女，家庭殷实，乡里乡亲眼馋得很。当"三转一响"还在老百姓间心口相传的时候，吴瞎子家里早已一应俱全。我清楚地记得，一年麦收时节，我跟着父母去地里割麦子，吴瞎子家的地与我家的地临边，正午时分，骄阳似火，口渴得要命。吴瞎子喊他婆姨："小燕妈，回家烧水去，把三个暖瓶全灌满，都提来！这鬼天气热得要命，快要渴死人了！"我母亲羡慕地对我说："听听，有钱人家就是不一样，光暖壶就有仨！"也就是从那时起，我才知道，一个家庭，暖瓶可以不止一个。

受市场经济的影响，睢宁汽车运输公司实施改制，吴瞎子被迫分流下岗。当在城里居住的同事下岗后为生活所迫，茫然四顾的时候，吴瞎子回到了农村，这时他突然意识到他爱人眼光独到，土地才是他最终的根。

时光荏苒，日月如梭。如今，儿女均已成家，吴瞎子的"使命"完成，且每月有不菲的退休金供他"挥霍"，每日骑自行车去集市购物便成了他最大的乐趣。相濡以沫一辈子的老伴每餐都要炒两道可口的小菜，让老头喝两杯，这悠哉闲哉的日子让他终日笑容满面。

吴瞎子撒网捕鱼的手艺没有丢。昨天我回老家看望父母，看见他在门前电线杆旁晾晒渔网。没听说他承包了哪块鱼塘啊，只是今非昔比，无端地，谁家鱼塘会让他撒上一网呢？

"采菊东篱下，悠然见南山。"时光荏苒，人心趋缓，轻呼吸，浅微笑，不悲不喜、不惊不扰，生活本当如吴瞎子这般模样，自在悠然。

吴瞎子的人生历经起伏，从大婚时的风光，到在城乡间的奔波，再到下岗后的回归农村。如今他在岁月的流转中寻得一份宁静与满足，每日骑着自行车穿梭在集市与家之间，享受着简单的快乐。这份淡定与从容，或许正是生活最本真的写照，让人不禁心生感慨与羡慕。

小 钱

我驾车将母亲送回乡下。轿车在笔直的乡间水泥路上疾驰，路两边的树木整齐划一，急速向后闪过。每次从城里回老家，母亲的兴致明显与平日不同，和我有聊不完的话题。她告诉我："这路两边的绿化树都是小钱栽的，小钱是农村最有钱的人。"我回道："听说了。"母亲说的小钱在农村是个名人，在老家无人不晓。母亲可能认为我长期不在家，不一定认识这个人，才多说几句，其实我还真认识这个小钱。

小钱并不姓钱，姓朱名绍军，"小钱"是他的乳名。小钱初一年级与我同班且还是同桌。印象中，他课堂上嗜睡，口水流成线，作业一贯拖拉应付，属后进生。时任班主任的是夏兰荣老师，年轻漂亮，极具亲和力。她给小钱的评价一针见血："课堂上像条虫，课堂下是条龙。"小钱自幼口吃，每逢身边同学有违纪之举，他便手臂高举，以表其功："报……报告！夏……夏……夏老师！"往往费半天劲连一句话也讲不清楚，倒把年轻

17

的女老师臊得不行。为此，同学们没少开他的玩笑，所以许多场景至今我还记得。

小钱发家也值得说道。

桃园镇地处平原地带，百姓除了一年春秋两季种植粮食作物，余下植桑养蚕便是特色副业。在计划经济向市场经济过渡初期，供销社压价收购蚕茧，这让小钱钻了空子，他私自开磅用高于供销社四分之一的价格收购百姓手中的蚕茧，自己炕茧，直接跨过当地供销社的门槛，将蚕茧运到江南，一年下来赚得盆满钵满。第二年，乡里乡亲尝到了小钱收购价格高的甜头，主动送蚕茧上门。小钱的蚕茧站门前车水马龙，生意如日中天。开磅第三天，小钱突然来了个一百八十度大转弯，关门停磅！他解释：目前蚕茧行情不够明朗，今年收茧远超预期，如此量大的蚕茧，万一囤居在手，这辈子就算完了。再说，即使有勇气赌一把，手头现金也不宽裕，所以只能停磅，对不住老少爷们了。小钱的蚕茧站关门，百姓手中的蚕茧不能等，已经成熟的蚕茧因水分散失、蚕蛹变成蛹等，一天一口袋分量就要失重好几斤，损失好几十！蚕农一天几趟往小钱的茧站跑，就像股民关注股盘，小钱的茧站一时成了蚕茧行情的风向标。就在茧农急如热锅上的蚂蚁坐卧不宁时，小钱贴出告示，大意是不忍看老少爷们心急如焚，开磅！价格不变，只是银行贷款没有到位，信得过我小钱的，先拿着有我印章的白条，等贷款到位，再来兑换现金，信不过我的，欢迎你到其他地方去销售！这一年小钱用一把白纸条换来了方圆几十个村庄蚕农白花花的蚕茧。

自此，一夜之间，小钱变身名人。

在农村，人们评判一个人能耐大小的唯一标准便是：手上持有多少银子。若问小钱手头有多少现钱，无人知晓确切答案，只晓得他的茧站开磅时，银行运送现金的小车始终停在茧站门前；若问小钱家中积攒了多少余钱，同样没人清楚，只知道手持白条的茧农在他家门前排起的队伍蜿蜒绵长，只见头不见尾。在村人眼中，小钱堪称能人，是极具能耐之人。

回到家中，父亲提及，小钱相中了邻居吴姓家的闺女，有意促成儿女亲家，还专门托媒人前往吴姓邻居家提亲。此消息一经传出，全镇皆知，吴姓人家更是倍感荣耀，无论走到何处，皆是满面春风，究竟是否"其喜洋洋者也"，难以断言，只是最终这门亲事未能如愿促成，个中缘由，无人知晓。

时至今日，朱绍军这个本名已鲜有人提及，反倒是小钱这个乳名在乡野间声名远扬，或许是因为小钱已然变成了大钱的缘故吧，财大气粗的他在这片乡土留下了浓墨重彩的一笔，成为人们茶余饭后津津乐道的话题人物。其发家历程与行事风格，也在岁月的沉淀中，成为乡村故事里的一段独特记忆，或被人艳羡，或遭人议论，皆在那田间地头、村舍庭院间流传。

狗 儿

狗儿与我相邻而居，我对他的身世可谓了如指掌。

狗儿的父亲是吴瞎子（乡村人物志之三的主人公）的同胞兄长，身患顽疾，体弱无力，即便在壮年时期，也难以从事繁重的体力劳动。严重的肺结核使他成日咳嗽，嘴里总有吐不完的浓痰，可他却时刻叼着老烟管，烟袋锅里燃烧的是自家园地里产出的廉价劣质烟叶，一口黄牙，浑身散发着刺鼻的烟草味，活脱脱一副大烟鬼的模样。

狗儿出生尚不满月，母亲便不幸离世，从此，父亲久病卧床，全家生活陷入困境。那时狗儿的哥哥年纪尚小，却凭借稚嫩的双肩挑起了全家生活的重担。大集体时的农村，生活物资匮乏，缺衣少食，人们依靠微薄的工分维持生计，缺粮断炊的情况时有发生，只能吃糠咽菜，艰难度日。父兄二人尚可勉强支撑，襁褓中的狗儿嗷嗷待哺，扯着嗓子哭闹着要吃的。无奈之下，身高不足一米的兄长只能抱着狗儿向本村的婶子大娘讨奶吃。虽说此举能解一时之急，但终究不是长久之计，狗儿吃了上顿没下顿的情况屡屡出现。无奈之下，吴姓族人向狗儿父亲提出两种建议：其一，将狗儿送养，挑选一户夫妻不能生育且家境殷实的人家，这样既能解决狗儿的生存难题，也能借机改善吴家的生活条件；其二，汇聚吴氏族人的力量，凭借狗儿父兄的志气，即便拼上全家性命，也要为家族争得口碑。据说，有意收养狗儿的人家已委托中间人上门洽谈过继事宜，然而狗儿父亲怒火中烧，以恶言秽语赶走了中间人。自此，狗儿被收养的计划落空，在贫困与艰难中继续挣扎成长，后续的人生充满未知与挑战。但其坚韧的生命在困苦中顽强延续，其命运的波折与家族的坚守交织成一段独特的乡村记忆，成为乡村故事里一抹令人心酸又动容的色彩。

狗儿一岁多刚学会走路时，父亲便撒手人寰，此后狗儿便随兄长一同生活。狗儿的兄长是个地道的庄稼汉，小学尚未毕业就辍学务农了。若不是吴氏族人从中干预，他其实宁愿狗儿送养成功，也不想背负起有胆识敢担当的名声，他怎会不清楚自身的能力，狗儿跟着他，能不被饿死已属万幸，更何谈奢望读书求学之事。当然，狗儿兄长原本也没打算让狗儿读书识字。待狗儿到了上学适龄阶段，只能眼巴巴瞧着同龄伙伴背着书包欢快地上学，自己却在兄长的呵斥下，前往荒郊野外捡拾枯枝、庄稼秆，以作烧火做饭之用。

老天若要让一个人存活于世，定会赋予其顽强的生命力。狗儿自幼便展现出非凡的生命力。别人家孩子一日数次吃奶仍哭闹不止，狗儿吃一次奶却能数天不哭不闹；数九寒冬，别人家孩子身着多层棉衣仍瑟瑟发抖，狗儿仅着一件破棉袄却能在风雪中穿梭自如，没棉鞋穿，脚指头被冻破，走路留下一路血印，也未曾听他叫嚷一声，唯有"适者生存"方能解释此现象。渐渐地，有人发觉狗儿对疼、痛、冷、热的感知极为迟钝，反应总要比正常人慢上半拍，不止这些，狗儿对饥饱、喜怒、爱恨、累闲等反差强烈的感受也均不灵敏，他生来便是个怪人。

狗儿兄弟俩自幼在苦水中泡大，历经各种苦难与磨难。尤其是哥哥，自小便吃苦耐劳，衣不蔽体是家常便饭，食不果腹更是屡见不鲜。难能可贵的是，哥哥在如此艰苦的环境中竟成长为一位敦实健壮的阳光青年。农村实行土地承包责任制后，生活状况逐渐好转，哥哥娶妻生子，一个完整的家庭初现雏形。然而，就在族人暗自为狗儿生活即将迎来转机而欣喜时，一场突如其来的闹剧彻底改变了狗儿的人生轨迹，将他推向未知的命运旋涡。

狗儿应急反应虽滞后，却并未影响身体的正常发育。得益于父母强大的遗传基因，十五六岁的狗儿已然出落得有模有样，身材匀称，五官端正，见人总是未开口先带三分笑。除了因幼时冻疮导致脚部留有残疾，走路略微有点跛之外，与常人并无差异。邻里乡亲下田劳作时，偶然瞧见狗儿脸皮红润，面部有粉刺疙瘩，便拿他打趣。

"狗儿该娶媳妇了，书记家的丫头你看得上吗？"村部常书记的小女儿如花似玉，貌似天仙，在这一带远近闻名。

田间妇人们顿时一阵欢笑。

开玩笑的人继续手中的农活，心里惦记着家里午饭还没做，还有一大堆衣服等着清洗，那些戏谑之语早已抛诸脑后。可思维慢半拍的狗儿回到家，躺在自己的小床上，心情却久久无法平静。

狗儿心里想着入睡，眼睛却怎么也闭不上。他用手摸了摸脸，粉刺疙瘩有些硌手，鼻下不知何时长出了软软的绒毛，胸前肌肉富有弹性，下体隐隐有股如春天断茎般的东西在涌动，内心仿若沾了露珠的蜘蛛丝在微风中触电般颤动。这种新奇、绝妙的感觉，狗儿此前从未体验过。常书记家的丫头那姣好的面容频频在眼前闪现，可刚一伸手，却踪迹全无，眼前唯有黑魆魆的屋顶一片。

嫂子发觉一夜之间，狗儿像变了个人似的。喊他吃饭，他忸怩地瞧着自己笑，问他笑什么，他也不言语。哥哥也感觉狗儿与平日不同，却又说不出到底是哪里不对劲，也就没把这事太放在心上。而狗儿的内心世界，正经历着一场悄无声息却又翻天覆地的变化，他对自我和周围世界的感知在这些新奇体验的冲击下逐渐重塑，或许在未来的日子里，会引发出一系列意想不到的成长蜕变，成为他人生旅程中一段独特而又难忘的经历，也在这乡村的平凡生活画卷里，添上一抹充满青春懵懂与困惑的别样色彩。

女人们不经意间的一句玩笑，竟唤醒了狗儿沉眠于心底冰山之下的情欲。嫂子未能理解透彻，哥哥也丝毫看不出来：这傻小子竟也有了爱情。

狗儿有事没事总会往常书记家跑。

他不敲常书记家的门。

他也不进常书记家的门。

他只是躲在正对常书记家大门老远的一棵大榆树下，深情地张望着。若常书记家的丫头出来，他瞧见了，便兴奋地一跛一跛地回家；若常书记家的丫头没出来，没看到，他就会一直坚守在那里，不吃不喝，直至晚上常家关门熄灯，才失望而归。

吃饭时不见狗儿的踪影，嫂子会说："狗儿又不知道去哪儿疯了！"哥哥整日开着小四轮拖拉机忙于运输和耕种，无暇顾及他："随他去吧！"

邻居告知嫂子："狗儿天天给常书记看家护院呢！""狗儿不会真的看中常书记家的丫头了吧！哈哈哈！"

嫂子不信。

哥哥不信。

邻居不信。

全村人都不信。

喇叭手腮帮子鼓得像气球，眼睛睁得像灯泡，常书记家丫头出嫁，他若不使出看家本领亮亮绝活，里子面子都说不过去。围观的人群熙熙攘攘，叫好声此起彼伏。平日里最热衷看热闹的狗儿却不在其中。

狗儿起得比谁都早，常书记家大门尚未开，狗儿就已盘踞在他的老位置——大榆树下。他瞧得见常书记家门前的一草一木，瞧得见常书记家门前的人来人往，瞧得见常书记家门前彩球飘飘，瞧得见常书记家门前气拱门高耸，他甚至瞧得见喇叭手朝着他所在的方向卖力地吹奏，似乎是在邀请他前去叫好助威。

狗儿知道今天是常家丫头大喜的日子，无论如何都要看她最后一眼。你眼睛一闭我就死去，你眼睛睁开我便复活，你眨眼之际我已在生死间徘徊千百回。常家丫头在狗儿心中的地位无人能够撼动。

上头的鞭炮响过，孔姓新郎抱着新娘从红地毯上走过。化了妆的常家丫头比平日漂亮百倍，笑容满面。经过狗儿面前时，那妩媚的笑颜永远定格在了狗儿的心底。

自此，常书记家大门对面的老榆树下再无狗儿的身影，狗儿爱情的悲剧也随之大白天下。

见了狗儿，邻里乡亲议论纷纷，说什么的都有。

"癞蛤蟆想吃天鹅肉！"

"别看他呆子一般，心可比天高！"

"神经病！"

半月过后，狗儿再次出现在众人面前时，已是面目全非：目光呆滞，面部蜡黄，头发如乱草，涎水滴湿了胸襟，脚跛得更厉害了，连走路都没了准头。果真是人心若死，人也就近乎废了。此后的狗儿，仿佛在这世间失了魂，经常独自在乡村的小道上踽踽独行，成为人们口中的谈资与叹息。那曾经懵懂又炽热的爱情，如一场绚烂却转瞬即逝的烟火，燃尽后只留下无尽的落寞与荒芜，在岁月的长河里，镌刻下一道深深的伤痕，诉说着命运的无常与残酷，或许也在警示着世间之人，爱情的力量既能让人重生，亦能将人彻底摧毁。而狗儿，无疑是在这爱情的旋涡中被无情吞噬的可怜之人，其故事或在这乡村的角落里渐渐被遗忘。

　　无论如何改变，狗儿终究还是哥嫂的兄弟。嫂子若稍有怠慢，哥哥定然不会答应，可哥哥时常出车在外，狗儿若要指望嫂子的悉心照料，却也不太现实。族人和邻里见此情形，于心不忍，便隔三差五地给狗儿些食物，狗儿这才勉强得以活命。如今农村经济条件已大有改善，谁家都不缺供他吃的那一口，奈何狗儿思考问题太过一根筋，谁给他吃的，他就只找谁，弄得大家都很尴尬。

　　哥哥对待狗儿颇为优厚，狗儿也很知足。然而好景不长，哥哥在一次同行聚会时，酒后身体不适，在村诊所吃药输液均不见效果，前往县医院检查，被确诊为肝癌晚期。三个月后，哥哥带着对家人的无尽不舍离世。狗儿失去了最亲近之人的关怀与牵挂，整个人彻底垮了。

　　新上任的村书记亲自来到狗儿家，带着狗儿前往县人民医院体检，帮忙拿材料、拍照片、建档案，为狗儿办理残疾证、五保证，还向狗儿嫂子明确表示：若待狗儿不周，便取消五保户待遇！嫂子心中惶恐，自此每日每餐都精心细致地照料狗儿。

　　而这位新任村书记，正是当年抱着常家丫头走进婚车的孔姓新郎。命运的齿轮在此处奇妙地咬合，在这看似偶然的人事变迁背后，蕴含着乡村人情世故的必然逻辑与善良传承，让乡村的故事在波折之后，又有了新的希望与走向，在岁月的长河中续写着关于人性、命运与爱的篇章。

老张其人

得知老张离世的消息，是在一个周末的晚上。我脑袋一蒙，身体后仰，"咣"的一声，头与床头碰了个瓷实。

老张祖籍山东烟台，早年就读于淮阴农学院，毕业后被分配到睢宁县农业局工作。因少言寡语，不善交际，鲜与人交流，又身为他乡之人，不久老张就被安排到距县城二十里地的高集乡政府主持农业技术推广工作。这一去，老张便彻底与县城无缘，在乡下一隅度过了余生。

老张身材娇小，肤色黝黑，相貌平平，穿衣戴帽从不讲究，老气感十足，单看相貌往往会误判他的实际年龄。初到乡下时，他才不到三十，同事皆以"老张"呼之，他竟慨然应答。日子久了，"老张"便成了他的专用称谓。起初，距乡政府大院不远的偌大社场上就他一人借住。这让附近的村民愤愤不平：凭什么乡长、书记居住在乡政府大院，却把一个外乡小青年安排在社场上住那样简陋寒酸的茅舍，这不是欺负人吗？每每听到这样的言论，老张总摇头不语，苦笑了之。村民中的智者仿佛看穿了时局："我敢打包票，老张是因为家庭成分太高，才被从城里下放到咱这乡下的！"猜测终归是猜测，老张不申辩。不过村民渐渐地发现，这个其貌不扬、操异地口音的外乡小伙平日话不多，竟是个深藏不露、货真价实的农学家。他教村民用横着埋茎法栽山芋秧可高产；他教村民用烟熏法授粉让黄瓜增产；他教村民给番茄掐头打杈改善番茄品质；他总结推广的玉米秸去缨法提高玉米单产，更是老百姓多少辈人听都没听过的新鲜事。

老张成了香饽饽，成了村民最愿意接近的乡政府干部。

男人们找老张多是请教农业技术方面的问题。从农作物的育种、栽培、管理，到田间施肥、病虫防治，再到国外新兴农业动态，老张几乎无所不知。孩子不会作业，父母不耐烦："找老张去！"李家老母猪产后不下奶，女人嚷她的男人："瞎琢磨什么呢，找老张去！"赵家崽儿房前屋后不见影："准在社场上！"村民乐意问，老张也愿意讲。

女人们的魂多半是被老张的二胡勾走的。老张无师自通，拉得一手好二胡。没事的时候，他会于社场上的宿舍门前坐在小板凳上拉一曲。这在精神文化严重匮乏的年代极为难得，附近的村民像赶庙会一般聚集于此。叼烟袋锅的老汉自不必说，纳鞋底的老奶奶也过来凑个热闹，单单叽叽喳喳的小媳妇、姑娘家走了一拨又来一拨，眼球差点掉在地上。演奏者无意，旁听者有情。一位本村的杨姓姑娘认定，老张那如泣如诉的皖南民歌《摘石榴》就是专门为她拉的。在自由恋爱还只是传说的偏远农村，杨姑娘情窦初开，勇敢地迈出第一步，向这个来自异乡的小伙子抛出绣球，成就了老张一生的初恋，并成功收获了老张懵懂的爱情。

结了婚之后，杨姑娘暗自庆幸，自己捡了个天大的漏。老张是名牌大学毕业的高才生，吃公家饭，端的是铁饭碗。每月除了有固定工资，还有定量的米面粮油，光老张存的粮票、布票就有一大沓。在那个吃了上顿没下顿的计划经济年月，这可都是稀罕物件。那些曾在社场上老张门前说笑的姑娘家，看杨姑娘与老张成双成对出入，赶集市、走亲戚，嫉妒、羡慕兼而有之，为自己的瞻前顾后叫傻，肠子都悔青了，只差没去跳河。

也许是山东人的秉性，也许是恃才傲物，也许是小家庭生活无忧万事不求人，老张向来不把头头脑脑放在眼里，平日里只愿做好自己的本职工作，业余时间享受爱好带来的乐趣。甚至于家庭的日常运作，老张全交给杨姑娘打理，自己懒得去沾惹烟熏火燎的气息和柴米油盐的烦琐。

老张二胡的旋律依旧悠扬绵长，只是少了姑娘媳妇们的身影。断了心思的姑娘们只在自己门前纳鞋底，媳妇们也不再去凑热闹，不过聊天的内容还是离不开老张这个公众人物。日出月落，日复一日，老张在村民持续的关注中迎来了儿子的诞生。看着躺在自己怀里白嫩嫩、肉嘟嘟的儿子，杨姑娘乐得整宿睡不着觉。老张自然视杨姑娘为家中第一大功臣，精心给儿子起名张心水，取"心静如水"之意。只是孩子入学时，老师不明就里，"什么薪水不薪水的，老张这个农学院的高才生竟然这么俗气！改个名吧，张水心！"儿子回家，转述了老师的话。原本就是随和之人的老张，听了禁不住哈哈大笑，自己费尽心思为孩子起个名没叫成，心水成了水心，反倒让孩子老师抢了先机。

乡政府易地搬迁，乡机关科室日益健全，农业技术推广站成立。因老张是从局里下来的老人，资格老、学历硬，也得益于村民的口碑，老张当官了——乡农业技术推广站站长！不过，同事、村民见了他，称官衔"张站长"的寥寥无几，多是老称谓"老张"，就连书记、乡长也不例外。老张自己并不觉得委屈，乐呵呵地应着。自从官至单位一把手，老张少不了要参加乡政府高层领导会议，知道了许多原先不知道的内幕，回到家中，便大骂："共产党的每一本好经到了基层都让那些歪嘴和尚念歪了！"杨姑娘这会儿已成了杨大妈，每每都会用手去捂老张的嘴，唯恐别人听见告密，把他这个外乡人拉了去批斗。现在，她和孩子根据政策已经享受了农转非的待遇，彻底告别了面朝黄土背朝天的农村生活。她可不想因为丈夫的几句牢骚，沾惹上麻烦，影响到了自己的幸福小日子。我行我素惯了，老张在家里是不折不扣的顶门杠，向来说一不二。即便在乡政府大院，他什么话都敢说，谁也奈何不了他。书记、乡长走马灯似的换，对老张都另眼相看。

二胡送走了如歌的岁月，留下的是饱经风霜的容颜，老张成为名副其实的老张。乡党委找老张谈话，为了工作不能牺牲他的身体健康，让他初步拟定一个副站长的名额并落实人选。这着实让老张为难了好一阵子，手下仲姓和邱姓两个小伙子，都是青年才俊，同学历、同资质，难分伯仲。老张权衡利弊、反复掂量，最终与杨大妈沾亲的邱姓青年落选，仲姓青年胜出，荣升副站长。仲副站长从老家逮回两只小公鸡，一只自己宰了，喜贺平步青云；一只送给老张"尝尝鲜"，以示感激。事后杨大妈却叫苦不迭："老张从来不收礼，这回吃了人家一只鸡，还是一只瘟鸡，我辛辛苦苦养大的几只蛋鸡全被祸害了！"洁身自好确实为老张赢得了一生廉洁的好名声。

老张退休，儿子水心在镇江成家立业。杨大妈有心两头兼顾，只恨分身乏术。一家人经多次商议方达成共识：为了张家后人，老张让步，与杨大妈移居镇江，享受合家之欢，安度晚年。起身之际，秋雨绵绵，亲朋好友及附近村民送行者众多。要离开生活四十多年的工作地，老张两眼含泪，说不清的不舍与惆怅如一口老酒涌上心头，五味杂陈，欲说还休。

镇江城里，定然没有高集农业技术推广站的农家小院。老张会坐在高层住宅楼前的小板凳上拉上一曲吗？二胡响起，那悠扬的琴声还会吸引村民围观吗？

老张消瘦清逸的面容仿佛就在眼前。

老孔头逸事

　　孔姓家族在村上是大门大户，光老孔头一脉胞兄弟就有六人。得益于祖上强大的遗传基因，兄弟六人婚后各立门户，子嗣又多是男丁，可谓人丁兴旺。老孔头排行老二，育有四子一女。20世纪60年代，中国人还没有优生优育的观念，这种现象司空见惯。计划经济体制下，老百姓给集体干活，谈不上积极与觉悟，日出而作，日落而息，千篇一律的劳作模式。到了年底，没有哪家有多少余粮，闹饥荒屡见不鲜。农村人饿着肚子自然没有心思乐呵闲聊，为了省粮，晚上唯有喝稀饭撑肚子，天一黑倒头便睡。可荷尔蒙与多巴胺并不会因为食物的匮乏而缺失，男欢女爱从来都是人们日常生活不可或缺的内容。遗憾的是那时人们不懂得避孕，孩子成窝就成了普遍存在的一个社会现象。

　　农户人家的孩子生命力奇强，老大少吃一口，也没有见他矮三分；老小多吃一口，他也不会胖一圈。连老孔头自己都觉着奇怪，四个挨肩的儿子不知不觉间成了人。眼瞅着三小间土墙草舍里人满为患，老孔头的眉头皱出了"川"字。每逢村上有人家新婚的喜乐响起，一向沉默寡言、抽着旱烟的老孔头就更是成了闷葫芦。

老孔头一夜之间消失在村人的视线里，这在20世纪80年代初期，绝对算头条新闻。

最早发现老孔头消失的是邻居侄媳妇。老孔头有个多年不改的习惯，每天天一放亮，背剪着手围着自己老宅转一圈。第一天没见着二叔，侄媳妇以为自己起来晚了，错过去了。可第二天依旧没见着，她忙着找来老孔头的侄子，一起上门问个究竟。可老孔头几个儿子像一起商量好似的，头摇得如拨浪鼓，不言语。

族人知道老孔头消失了。

村里人知道老孔头消失了。

邻村人知道老孔头消失了。

好奇终归不是生活必需品，渐渐地老孔头消失的话题淡出了人们的脑海。清晨，太阳照样从东方地平线上露出笑脸，晚间农户的炊烟依旧从老烟囱里袅袅升起。老孔宅后的侄媳妇早起开门，照例会向老孔头宅上看一眼。

农村有一种人另类，却并不鲜见，路遥名作《平凡的世界》称之为"逛鬼"。这种人不甘心守着农村那一亩薄田，心里向往外面的世界。从广东回来的常姓"逛鬼"说，他在广州见着老孔头了，老孔头在广州捡破烂，竟意外捡着一个金蛤蟆！

传言不足为信，村人笑而止之。

邮递员的标志性坐骑幸福牌摩托在老孔头宅前突然停下："孔小兆，拿私章取汇款单！"先是族人，后是村人，里里外外把拿着汇款单的老孔头大公子围了个水泄不通："乖乖，一千块！"从来没有人见过这么一大笔钱，不到一顿饭的工夫，远近村民都知道老孔头真发了！

有了钱，困难的事就简单多了。

老孔头的老宅被彻底推倒，六间一排红砖黛瓦的新房拔地而起。给老孔头儿子提亲的人差点挤破门。农历年底，老孔头人还在回家的火车上，大儿子、二儿子两房儿媳妇已先他一步被娶进了家门。

第一个发现老孔头回来的还是宅后的侄媳妇。侄媳妇晨起一开门，老孔头正背剪着手前前后后地看新房子。侄媳妇有点不相信，揉了揉自己的眼睛，忙着大叫："二爷回来了！"不知道她是叫给自己男人听的，还是和老孔头打招呼，着实把老孔头吓了一跳。

老孔头标志性的大背头依旧，整齐地向后倒伏，无一丝杂乱，不知道梳子蘸的是水还是油，只是比以前稀疏了不少。上身穿着只有电影里才能看到的花格子西服，下身一条深色运动裤，脚穿一双棕色大皮鞋。这身行头一看就知道不是他花钱买来的。不过这在20世纪80年代初期，相比较农村传统的水泥灰，已经够前卫的了。老孔头一边乐呵地给前来围观的乡亲敬烟，一边兴奋地和老哥老弟们寒暄。偌大的院落里站满了好奇的村民。

村长是本族的兄弟，进门就喊："二哥，把你那金蛤蟆拿出来，让大家开开眼！"老孔头只笑笑摆摆手，不接言。无论围观的人怎样起哄，老孔头只招呼大伙儿抽烟，聊外面世界的见闻和感受。众人听了羡慕不已，只恨自己眼窝子浅，没能像老孔头一样出去才两年便发大财，唏嘘之余却也意犹未尽。

一顿饭的工夫，老孔头衣锦还乡的消息传遍了远近的乡村。老孔头的传奇一度成为族人、邻里、村人、村邻最津津乐道的话题。准确地说，是老孔头的金蛤蟆左右了人们的视线，就连儿子、媳妇也想目睹这传闻中的宝贝。只可惜每当儿子、媳妇话一出口，回答他们的总是老孔头凶狠的目光。也是，金蛤蟆，稀罕物件嘛。既然是宝贝，便不能轻易示人。袁大头一块谁都可以一见，那还叫什么宝贝！看与不看，金蛤蟆就在老孔头的手里。

儿子和媳妇相信。

族人相信。

村邻相信。

邻村的人都相信。

　　本村建筑队的工头走南闯北，是见过世面的人。听说老孔头要给两个小儿子建房讨媳妇，主动找上门来，给老孔头设计主房和庭院，要切切实实地挣上一把。老孔头也不含糊，谦辞相让："手中票子不宽裕，你这腰缠万贯的包工头要给我担担账。"工头慨然应允："就冲你手里的金蛤蟆，欠账我担，没问题！"

　　两处新房还在热火朝天的建造中，过往的村邻投过来的都是羡慕的眼神。为老孔头两个小儿子提亲的人络绎不绝，几乎踏破了老孔头的门槛。别人家小子找媳妇，光是女方要的彩礼就能把男方吓得半死。老孔头家的小子说媳妇，不光不要彩礼，女方还愿意倒贴。老孔头家完工的新房白石灰的气味尚未散尽，两个新媳妇就在震天的喜乐中相继被娶进了家门。这在本村的历史上，绝无仅有！村支书家也没如此风光过！

　　木秀于林，风必摧之；行高于人，众必非之。但凡一个人小有成功，必会招来妒忌，这在落后的农村也不少见。首先，人们猜疑，老孔头在外几年是捡破烂的吗？该不会是贩毒、抢银行的吧，不然怎么会带那么多钱回来？其次，老孔头那金蛤蟆卖了吧？不过也没听说呀。

　　盖房子的工头没少往老孔头家跑，每次都是老孔头笑嘻嘻地让进去，然后客客气气地送出来。

　　打家具的木匠没少往老孔头家跑，每次都是老孔头笑嘻嘻地让进去，然后客客气气地送出来。

本村代销点的老杨没少往老孔头家跑，每次都是老孔头笑嘻嘻地让进去，然后客客气气地送出来。

明摆着，老孔头外欠账不在少数。老孔头这几年在外并没有贩毒、抢银行，他带回来的钱也并不是人们想象中的那么多，否则他何至于手里有钱还外面欠账。不过，只要是他手里的金蛤蟆在，没有人怕他还不起账！

四个儿子外加四房儿媳妇，老孔头这一大家子都是壮壮实实的整劳力。再加上农村土地承包责任制的实施，老孔头家的生活是芝麻开花节节高，还原先的外欠账自然不在话下。不知从何时起，村邻有日子不见盖房子的工头、打家具的木匠、代销点的老杨往老孔头家跑了。

时光荏苒，日子化成了老孔头烟袋锅里的轻烟，袅袅飘去。

老孔头依旧会每天一早在老宅前后溜达一圈，只是脸上不见了昔日的疲惫，而是多了一分悠闲和富足。

农村人的日子日新月异，村邻很少再去谈论老孔头的金蛤蟆了，倒是老孔头的后人们坐卧不安。眼见老孔头日益衰老，身体大不如从前，大家心里都在琢磨那个从没露面的金蛤蟆该怎么处理，但表面上谁都不愿说。

老孔头的八十大寿庆典格外隆重。儿子辈、孙子辈、曾孙辈，里的、外的、近的、远的齐聚孔家大院。光是开来的小车就占满了院子外面的空地，有点像镇里开大会。老孔头一身喜庆的新行头，大背头油光顺滑。身材清瘦矮小的他坐在他的那把老式木椅上面无表情，不声也不语。大伙儿心里却明镜似的——今儿是老爷子交代金蛤蟆的最佳时机。

酒过三巡，菜过五味。

老孔头起身，端起一杯酒。显然这是有话要说，几个儿子忙用手示意大家安静，嘈杂的大院一时寂静无声。

老孔头干咳一声，清了清嗓子，声音大得差点吓着了自己："今天是我八十大寿的喜庆日子，我知道大伙儿今天来想看看我的金蛤蟆。"

大家伙儿先是交头接耳、窃窃私语，接着发出一阵快意的笑。

"说实话，我也想看！"

所有人大笑。

"可我今天要给你们讲，我那金蛤蟆只是个传说！"

现场死一般地寂静。

老孔头的儿孙们面面相觑，不知道他的葫芦里卖的是什么药。刚才还热闹的村邻们一下子都怔住了，张开的嘴巴竟合不拢。

老孔头饮下一杯酒，继续他的话茬："早些年家里饭都吃不上，房子没钱盖，儿子一个个都成了人，要成家，实在没有办法，我才出门去广州捡破烂。广州那是大地方，那儿忙钱路子广。两年下来确实忙了些钱，老大、老二的房子就是那钱盖起来的。一想到还有两个儿子的房子、媳妇没有着落，心里发急，才放出风来，谎称捡到一个金蛤蟆。"

老孔头声音有些抖："在村里，没有金蛤蟆，谁会赊账给我盖房子？谁会赊账给我打家具？谁会不要嫁妆把闺女嫁到咱家来？谁会大胆赊账给我儿子办喜事？"向来寡言少语的老孔头一下子说这么多，大家伙儿今天还是第一次见。他像是要把压在心底的话翻个底朝天。

"我对不住村邻！对不住亲家！对不住大家伙儿了！"老孔头将酒杯里的酒一饮而尽，身子有些软，坐立不稳，瘫在椅子上。儿子和媳妇见状，顾不得大家伙儿嘈杂与惊愕，七手八脚地将老孔头搀进屋躺下。

莎士比亚对钱曾有过精辟的论断："钱是一根伟大的魔棍，随随便便就能改变一个人的模样。"老孔头，一个切身经历过中国农村变革的庄稼汉，一个生活在中国最底层的普通农民，斗大的字识不得几个，远不能与大戏剧家莎士比亚相提并论，但对金钱的领悟要比莎士比亚更深刻、更独到——钱就是一根伟大的魔棍，随随便便就能改变一个家族的模样！

　　花白的短须微翘，消瘦的脸上镌刻着岁月的沧桑。老孔头依旧背剪着双手，踱步于门前的村道，不疾不缓。

两个小木匠

　　父亲动用手中多年的积蓄与人脉，终将住所从老宅迁出。乔迁之际，老宅中的废旧家什连同沉淀多年的往事被一并抛弃。新房内空空荡荡，仅剩下生活必需品，连一件像样的家具都没有。父亲决定：用家中库存的木料，打一套全新的家具！时值一九八二年初夏，苏北平原久旱无雨，麦子歉收。

　　打家具的师父是来自云南的两个小木匠。邻村的亲戚介绍，这两个小木匠除了是师徒关系外，还是亲叔侄关系。年龄大一点的是师父，叫李大春；年龄小的是学徒，叫李承佑，只是师父管徒弟叫小叔。徒弟比师父辈分长，在讲究师徒如父子的过去，本身就很幽默，传艺与学艺的过程如何展开，值得期待。最令人期待的还是李大春了得的木匠手艺，全手工操作，经手的家具不用一颗铁钉！那时候农村生产力落后，没有现代化的电刨、电锯、电凿、水平仪，全凭人力手动作业，做家具不用铁钉，闻所未闻！更重要的是，师徒俩对食宿不做要求，能吃饱肚子、睡安稳觉就成。父亲与母亲合计得失，决定隔日开工。

父亲计划做一书条与方桌组合和两把木椅、两只方凳、一八仙桌组合，所用木料装满一大车，这个阵势在农村也是少见。开工当天，远近的村民都跑来看热闹。多数人对这一对年轻师徒的木工手艺持轻蔑的态度，尤其是本土上了年纪的木匠艺人，向来以手艺精湛自诩，边摆手边摇头：就这俩毛头小子，做这么多家具，三个礼拜齐活！还不用一颗铁钉，说胡话呢！

周末，我从学校回家，母亲把我介绍给他们认识，我们很快便成了熟客。师徒俩自来到我家，平时很少说话，饭自己盛，水自己倒，干活节奏自己把握。倒是母亲怕他们累着，总是督促他们饭后消消食、打会儿盹，可这话他们从来没有听进去过，好像主家好吃好喝地照应着，不抓紧时间干活，有愧于主家。

大春和承佑这对师徒很有意思。大春不叫承佑"叔"，分配承佑做活多用眼色；指点承佑做工时就站在承佑的身旁，哪一点做得不到位，便挥手令承佑起身让位，自己示范，关键处会用食指咚咚咚连敲几下，以示强调。承佑也不叫大春"师父"，沟通交流全凭眼神；遇到问题，就站在大春身后，看着大春做活。大春心领神会，放下手里的活，极尽师父的本能。如此默契，化尴尬为自然，得益于师父手艺高超，徒弟聪慧机灵。

我在里室做作业，他们在外间干活，两不相扰。不过我不止一次发现承佑取工具或搬木料经过我的门前时，总要看我一眼。羡慕？欣赏？懊恼？我疑窦丛生。

晚饭后，月亮高悬，乡村被薄雾笼罩，无风也无声。我们一起坐在门前聊天，承佑抬头望着月亮，话匣子打开，把我的思绪带到了他那云南大山深处的老家。

大春的父亲李承福子承父业，在当地是个很有名气的木匠艺人。附近村庄的女孩子出嫁，娘家总要打一套像样的家具作为嫁妆，这些家具多出自李承福之手。建造傣族吊脚楼，全木材打造，设计、选材、建造，没有一流的能工巧匠，寸步难行，就像一堆上等的食材，缺少名厨，成就不了一桌丰盛的宴席，李承福自然是不二人选。兄妹四人，李承福是老大，老二、老三是妹妹，李承佑是老四。李承佑是赶在计划生育政策实施之初出生的，彼时老大李承福已结婚生子，李大春两岁有余。后来，李承福父母过世，但李氏家族椿萱并茂，李家认为这是菩萨的恩赐，对李承佑格外疼爱，在家里谁都得让他三分，包括李大春在内。

李承佑长相乖巧，天资聪颖，只可惜在学校学习成绩一塌糊涂，尤其是他那有恃无恐的个性让师生头疼得要命。初三寒假开学，李承佑与本班级的一名平时很淘气的同学闹纠纷，在班级打架吃了亏，怀恨在心，回到家取来火杖（鸟铳），公然在同学回家途中实施报复，导致对方背部中枪，虽然伤势不重，却在当地造成恶劣影响。李承福几乎花光所有积蓄，才平息了小老四惹下的祸乱。至此，李家不再认为李承佑是菩萨的恩赐，若再不好好管教，将来是福是祸都不好说。长兄如父，李承福思来想去，决定让令他比较放心的儿子李大春带李承佑出门闯荡。一是历练历练大春的木匠手艺，二是让小老四避一避风头，跟大春学祖上传下来的木匠手艺，以后凭本事吃饭，不再做读书考大学的梦，过去的彻底翻篇！李承佑对我说，挺羡慕我坐在桌前看书做作业，悔恨自己走了邪路，回不去了！很难想象这话出自一个未成年的孩子之口，这个不善言语的同龄人一下子给我讲了那么多。我想，李承佑说的应该是心里话。

居住在云南大山深处的孩子上学并不容易，家长也缺少超前眼光。大春五年级毕业，李承福就让他辍学回家学木匠手艺。小家伙聪明勤快，吃苦耐劳，十五六岁便学成一手漂亮的木匠手艺，就是父亲不帮衬，自己也能独当一面，里里外外一把好手。别人做家具都是一件一件做，至少也是先把桌子做好，再做椅子，接着做凳子，而大春偏不，把所有要做的家具边料、木榫、木腿、面料全部做好，最后统一装配成型。邻居每天都来看看进展，十多天过去了，连个凳子都没有做出来，就连母亲心里也直嘀咕："那么多家具，猴年马月做得出来！"师徒俩依旧本着自己的节奏，不急不缓。这就叫胸有成竹吧。

大春管我父亲叫叔，管我母亲叫婶。我问母亲："那承佑怎么称呼您？"母亲笑："他从来不称呼我。"我注意到，承佑叫大春都是直呼其名，从来不叫师父，大春既不叫他承佑，也不叫他小叔。间歇喝水的当口，我故意拿承佑开涮："师父传你手艺，你连一声师父都不叫，这叫大不敬！""他怎么不叫我小叔？这才叫大不孝！"承佑反诘道，一旁喝水的大春偷偷地笑。

我们混熟后，有时候我会叫他跟我去找伙伴玩，每次他都会回过头看大春一眼，似乎在等大春一句话，可大春装作没看见，承佑便不能成行。师父的权威显而易见。我还是挺佩服承佑的，年纪这么小，原先在家骄横惯了，如同没上套的小马驹，现在起早贪黑跟着仅比自己大两岁的侄子出来学技能，从不叫一声苦，还不发一句牢骚，这需要多大的毅力和决心啊。大春给我说："背后也使小性子，你没有看到。"母亲笑："很不错很不错了，多小的孩子呀！"

邻居家有个丫头，叫杏儿，有事没事总会往我家跑，说是来找我玩，其实我知道，她是看上大春了，这丫头鬼精得很。杏儿每次来我家串门，从不空着手，顺手带些瓜果、瓜子之类的零食，放在离大春不远的地方，快言快语："小蛮子，来歇会儿，喘口气，尝尝俺这地儿的瓜果有没有你老家的好吃！"她不叫大春名字，而是按照我们这地方的习惯称呼大春为小蛮子。大春听

49

了，每每一笑，算是回应，打了招呼。承佑倒是不客气，拿起就吃，杏儿取笑他是"好吃鬼""干饭的货"。云南人的口语习惯，不说吃饭、做活、打架，一律叫干饭、干活、干架，好像动词"干"无所不能。承佑狡辩："你送给师父吃，徒弟也就跟着沾点光，瞧你那小气样！"杏儿绝不是省油的灯，逮着机会就怼承佑："呵呵，这会儿你眼里有师父了，平时我咋没听见你喊一声师父？！"承佑一时臊得慌，这时母亲总会站出来为承佑打圆场，假装要轰杏儿走。众人愉快地笑，现场气氛一片祥和。

其实大春爷爷活着的时候，就给大春定下了亲事。定亲的那姑娘不光人长得好，家境还不一般呢，做红木家具的。李家爷几个手艺高，常在姑娘家做帮工。大春品貌端庄，实诚厚道，学得一门好手艺，平日虽少言寡语，却很有主见。两家大人撮合，俩年轻人也没有反感。李家聘礼一到，亲事告成。云南姑娘小子成婚年龄小，若不是承佑惹出祸端，大春的大婚该提上日程了。

杏儿是个心思缜密的姑娘，看了大春第一眼，心里头就琢磨，只怕这样的抢手货早就是别人的盘中菜了。不过无妨，每天来串串门，见一面心里头喜欢的人，说上几句话，能和没有心机的李承佑开几句玩笑，心里头也是美滋滋的。

门前堆成山的木料日益减少，室内成品料越积越多，家具装配成型的日子在众人的期盼中终于来临。农村最少不了的是看热闹的人，与己有关无关暂且放在一边，大家都想亲眼见识，两个毛头小伙子不用一根铁钉，是怎样将家具装配成型的。

初夏时节，风和日丽，微风拂面。门前高大的泡桐树绿荫如盖，树下挤满了人，似乎在恭候一幕大戏开演。大春和承佑无疑是这幕大戏的主角儿。从云南大山深处走出来的两个年轻人哪里见过这样的场面，紧张得脸发红，尤其是承佑，坐也不是站也不是，手不知道该伸着还是该攥着。好在大春是见过世面的，端起一碗温开水，咕嘟咕嘟喝两口，转身递给承佑，承佑接过来一口气喝了个底朝天，这才平静下来，跟在大春的身后进屋，把成品料往室外搬。

首先取出来的是四根相同的边料，两两交接，成了两对等腰直角三角形的两个直角边，交接处使用白色乳胶漆增加牢固性。两对等腰直角三角形的两个直角边再角角相接，一个方桌面的框架凸显在众人面前。众人恍然大悟，点头称奇。接下来是组合木樘，反上四条腿，所有的榫眼严丝合缝，轻轻地敲击，再将地面上的框架反置，一个空心木桌成型。连接薄木板的是蘸着乳胶漆的自制小竹钉。大春解释，用铁钉的话沾水会生锈，加速木板的腐坏。师徒俩驾轻就熟，玩魔术似的，一个钟点多一点的时间，一张完整的大木桌装配成功。就连我们当地的老木匠艺人也频频颔首，啧啧称奇。

　　所有的家具两天内装配完工，整个工期比原计划提前了两天。

　　父亲心满意足，决定给师徒俩搞个庆祝宴。师徒俩死活不允。他们离开我家的时候，我住校不在家，未能道别，终是遗憾。

　　母亲说，临别，杏儿送师徒俩一个袖珍收音机，师徒俩红着眼圈，转过脸去，说不出话。

　　路边柳枝低垂，微风中细雨如丝。

二哥哥的秘密

二哥哥长我两岁，与我同宗同族，是大爷家的二公子。

大爷家紧邻南北通道，大娘常坐在屋山东墙根儿纳鞋底做针线，和左邻右舍说笑，不时还和熟悉的过往行人打招呼。二哥哥通常会与一群同龄伙伴追逐嬉闹，累了就一屁股坐在大娘的身旁，听大人们闲聊。旧朱集的算命先生朱神仙走门串户，每每经过，大娘总会热情相邀："快来，快来，朱神仙坐会儿歇歇脚。"朱神仙知道这儿是村人聚集之地，自然不肯放弃施展三寸不烂之舌的机会，笑容可掬地坐下，与一群人说长道短。二哥哥来了兴致，直往朱神仙跟前凑，他惊讶于这个能说会道、未卜先知的老头竟是个瞎子！他要弄清楚，朱神仙的眼睛到底是不是真看不见。当他的小脑袋凑到距朱神仙的鼻尖还有一根筷子粗细的距离时，朱神仙一把按住他的小脑袋，大伙儿发出一阵快意的笑。二哥哥极力挣扎。大娘笑着止住孩子："朱神仙给俺的小二仔算算，将来是块什么料？"在众人的期待中，大娘报上八字，朱神仙捻须掐指，振振有词："将来必做大领导，我打包票！"自此，村里人包括二哥哥自己都相信，他将来必做大领导。

大爷一生育有六子一女，计划经济年代，能将家人全部养活，已属不易。二哥哥上有一姐一哥，兄弟排行老二，自幼聪慧，勤奋好学，奈何家境艰难，即便有班主任汤从汉老师的资助，依然难逃辍学厄运，初三未毕业便离校回家，与父兄一道，用稚嫩双肩担负起养家谋生的生活重担。

土地承包责任制实施之后，困扰农村人多年的温饱问题得以解决，二哥哥告别家乡，要去外面闯世界。他去过大庆，到过西安，闯过天津，最终在南京一家钢厂落下了脚。起初，他从老家带了一队人马给钢厂搞厂房扩建，得到了厂领导的赏识，很快成了钢厂一名正式职工。就是在那儿，二哥哥结识了安徽灵璧的一个女孩。

女孩是钢厂领导的亲戚。二哥哥经常去办公室向领导汇报工作，时间久了，与女孩的接触自然就多了。女孩身后有领导做靠山，自然少不了有人介绍对象，况且钢厂女工本来就少。男工每每都以能和女孩说上一句话为荣。自从二哥哥进了钢厂，女孩似乎对其他男工都不理不睬，唯独对二哥哥一往情深。

初夏时节，微风轻拂，下班后，二哥哥和几个兄弟边骑自行车边说笑出了厂房，女孩会突然跳上二哥哥的车后座；盛夏骄阳似火，女孩缠着二哥哥，用牛尾毛去捉树梢顶部的鸣蝉；金秋送爽，女孩央求二哥哥带她去山坡上摘酸枣；冬季来临，工友们时常看到女孩一手拿着一个糖葫芦在等二哥哥下班。傻子都看得出来，二哥哥正在热恋中。

推开玻璃窗，清晨第一缕阳光初现，人人都呈现的是一张光鲜的笑脸，可笑脸的背后是否有难言的苦衷，除了本人，别人不得而知。此时二哥哥就身处窘境。家中兄弟多，读书上学花钱，衣食住行花钱，头疼脑热就医花钱，人情往来更需要花钱。好在家里有承包地，粮食足够食用。面对花儿一样的女孩，二哥哥就是高兴不起来：我拿什么娶她回家？

"不图金不图银图你个人就够，穷日子粗茶饭不讲稀稠，无家产无楼房就找个草庐，无彩礼无花轿就骑个牲口，你未婚我未嫁合情合理，挣钱多挣钱少我都能将就。"豫剧《白蛇传》中白素贞表白许仙的唱词便是女孩对二哥哥的真情流露。女孩对二哥哥可真是铁了心，第一次跟二哥哥回老家是在结识后的第一年春节。大爷大娘见了女孩，喜欢得不行。朱神仙说麦收前五一是良辰吉日。大爷大娘当即拍板，没钱借钱也要给二哥哥办理结婚庆典。

二哥哥结婚，是族里的大事。我责无旁贷。除了写喜联，执事的还给我分配了一件分量最重的差事：带趄。理由有二：其一，女孩的安徽老家距离我工作的地方不远，路况我最熟；其二，迎亲的队伍要跨过两省交界，我在异地工作，两省都有熟人，这是处理应急事件的最有利条件。写喜联本是我的爱好，自然不在话下，可带趟绝对是一项苦差，须知礼数、懂规矩、察言观色、能说会道，这些我知之甚少。亲家双方沟通好，迎亲权当一次彩排；亲家双方没沟通好，不光接不来新娘子，还会给亲家双方埋下矛盾的隐患。带趟挨累不落好，最为闹心。所以接下带趟这件差事之前，我反复询问大爷大娘，此次安徽之行是否顺利。大爷大娘满口应允：放心去，没有困难的活给你做。二哥哥见了我，更是语意坚定：女方家人如果向你提无理要求，你空车回来，责任在我不在你！

在一挂响鞭催促中，我带领迎亲队伍准时出发。

20世纪80年代末，乡下人结婚讲究排场。婚车是向城里朋友借来的一辆红色普桑，时尚；拉嫁妆的十辆平板车排成一行，气派；带趟的专车是一台面包车，我与吹喇叭的合用。当迎亲车队过了苏皖界河不久，刚进入高楼镇主街，一群闹喜的拦住去路。我连忙下车周旋，好在此时有人叫我彭老师，既然是熟人，再拦着就说不过去，只能放行，我承诺迎亲回来，一定有好烟奉上。

十一时许，我们准点抵达女孩的老家。

皖北的农村建筑与皖南截然不同，因与苏北接壤，故与苏北的建筑风格大同小异。女孩家主屋三间，偏屋三间，外有门楼三间，是典型的苏北农村建筑模式。门前，喜字红艳，忙事的族人来往不断，孩子们不断在空隙里穿梭，里一头外一头，喇叭手用夸张的动作演绎着轻松愉快的旋律。门内，大厨和帮厨的在案前施展绝妙的刀工，一排排凉盘已经整装完毕。主屋的套间里，女孩的姑姨母妗喜笑颜开，正忙着给女孩整理嫁妆，做惜别的交代。一切都是本来该有的样子，我慢慢宽下心来。

按照双方的约定，十一时半，嫁妆上车先行，女孩上头入轿，可催妆的响鞭已放，却迟迟不见女孩上轿。我匆忙与女方执事交涉，女方执事问女孩父母才知道，女方嫌两千元上车礼太少，至少也要五千元！带趟最怕遇到的就是这节外生枝。我赶紧让自己冷静下来。

我见到了女孩和她的父母。女孩低头不语，她的父母不急不躁，心平气和地给我说，五千元上车礼是男方早就应允了的，说过的话不能说变就变。我内心气得不得了，两千元上车礼是大爷大娘用红纸包好亲自交给我的，没说五千啊；女孩的父母看起来是典型的本分人，不像在说谎。二哥哥言之凿凿答应我，女方难为我空车原路返回他也无丝毫埋怨，这其中的真实内幕究竟是什么，我一头雾水。马上就要正午时分了，在一没有电话、二路远不能回的情况下，我当机立断，向邻近村庄的厉姓同事暂转三千，以解燃眉之急，求解内幕的事回去再讨个究竟！

怕耽误拜天地的良辰，返回时我们从卓海桃园绕行，躲过高楼街闹喜的人群，在预定的时间内将新人接回家中。当着执事人的面，核对完嫁妆明细，将女孩交到大爷大娘手中，我的工作远没有画上句号。我将五千元上车礼的来龙去脉说了个详细，大爷大娘一脸不解：说好两千怎么变成五千了！不过，新人都接到家了，这亏空我们认。我找到里外跑个不停的二哥哥，指责他表里不一，他却伸出大拇哥，狡黠一笑：我没看错你，能成大事。我如雾里看花，眼见着他匆忙离开，不知他话中何意。

多年以后，我和二哥哥在睢宁巧遇，酒过三巡，再次聊起困扰我多年的五千元上车礼，二哥哥拍了拍我的肩，道出实情。女孩对二哥哥情真意切，二哥哥家中太穷，借钱把女孩娶回家，亏欠女孩太多，两人合意演了这一幕闹剧。都是贫穷惹的祸！不过，二哥哥接着说，我出面转借的三千元亏空最后还是他自己还上的。

我无权指责二哥哥的欺瞒，我也无意感叹世事的沧桑，我只想说，二哥哥为爱情的无奈之举不值效仿却令人感动。

神 剪

认识神剪纯属偶然。几个同学在一起喝酒，兴致极高，借着酒劲正浓，孙书记提议去美发，于是我第一次走进了普普通通的神剪工作室。

神剪工作室位于老城河的边上，门前一条马路，路边垂柳依依，树下是神剪顾客的免费停车处。神剪工作室门脸不太显摆，"神剪"二字简明扼要；室内面积不大，设计布局合理，物品摆放自不必说，大到空调、电视、沙发，小到一把笤帚、一条毛巾，皆井井有条；就是临时换下的一双皮鞋也用一张报纸遮盖着，处处彰显男女主人爱干净整洁的生活品位。

神剪功夫了得。城里城外专注"头顶事业"的人甚多，带有各种噱头的美发、亮发招牌满天飞，可远近敢自命"神剪"的似不多见！难怪上到政府官员、局长、书记，下到平民百姓、商家小贩，多为神剪的常客。一次去剪发，见县委赵副书记从人民浴室出来，我以为他是来检查工作什么的，但听神剪说赵副书记在徐州开会顺便剪了发，总感觉不舒服，特地来修发。神剪那随随便便的一说，那不屑一顾的神情，分明是在告诉我，这"神剪"的称谓不是谁都能叫的。别人收两块，他收十元；别人收三块，他收十五；别人收五块，他收二十。

神剪标准模特身材。身材伟岸，清秀挺拔，一米八几的身高，一年四季得体的服饰总是让他神采奕奕，举手投足尽显名家风范。去剪发的次数多了，我们聊的东西也渐渐多了。神剪给我说过他以前是干什么的，但我记不清了，只是隐约记得他出道比较早，凭借自己的悟性掌握了这门手艺。最早，神剪给我的印象是干练洒脱，领带系着，西服穿着，皮鞋锃亮，浑身上下全然没有一丁点污迹。那身穿污迹斑斑大褂，见谁都"哦、哦、哦"的旧时低矮胖的"剃头匠"形象在我心中自此别过。

神剪谈吐不凡。职业的微笑始终挂在脸上，谁都乐意接近他。见什么人说什么话是生意人的本分，可神剪偏不。该说的话一个字不落；不想说的话一个字没有；兴趣盎然时洋洋洒洒；索然寡味时默默无语。来往的顾客多了，什么消息都在他这儿歇歇脚，大到红头文件下发，小到蔬菜涨价。神剪的权威性不容置疑，自然玉树临风的姿态很明显，偏又爱憎分明，嬉笑怒骂，针砭时弊，无不敢言。

神剪教子有方。两个公子哥自小都在神剪工作室长大，自然体谅父母的辛苦。神剪对孩子关照多，管制少。从小学、初中到高中，神剪从不让孩子进寒暑假补习班。他认死理：在学校里你就该把老师教的东西学会，假期是玩的时间，看看名著、电视都可以，假期里要学习你最多就自己预习预习开学以后的课程，对在学校里没有学会的东西你自己想办法，怨不着别人。简单、明了，这就是他的教育理论。神剪的健谈基因在孩子身上得以遗传，孩子也都争气，在大学期间担任校学生会主席。现在均已走出高校，就职名企。神剪夫人向来不与神剪唱对台戏，就是每顿饭给孩子吃什么也都与神剪商量着来，从来没见俩人红过脸，说她是贤内助再恰当不过。

神剪名周旭。

,

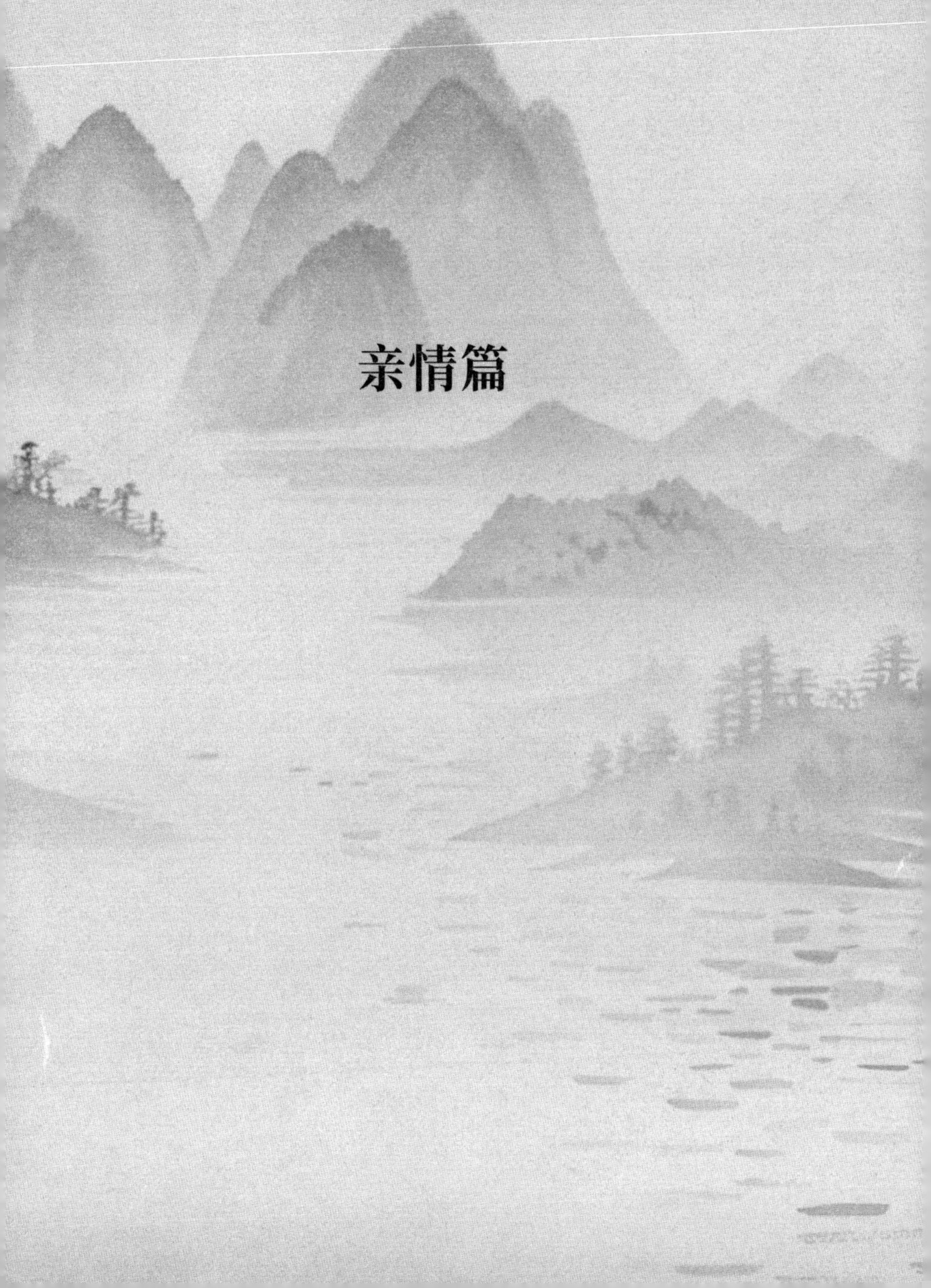

亲情篇

爱你的时候

认识你的时候，你就坐在教室第一排紧挨讲桌的座位上，文静得如同冬天暖阳下的小猫咪，偶尔说话也是轻声细语，像是怕吓着谁。教室里坐着，好半天也难听你说一句话。我清晰地记得，语文课上，葛怀祥老师讲解吴伯箫的散文《猎户》，从立意到文法，从句读到修辞，兴致起时眉飞色舞，趣味丛生。最后让你谈谈文章最后一自然段"天晴了，很好的太阳"的妙处，你站起来，说了，肯定是说了，说的什么我是一句都没有听清楚。那是你留给我的第一印象。

每年一次的招飞在高三第一学期期末时如约而至，鉴于家庭的原因，我给班主任撒了个谎，没有参加初试，心情失落地回到教室。教室里你正和几位女生叽叽喳喳地说着什么，我隐隐约约听到你说："他怎么没去招飞体检啊？"语音柔和婉转，如天外来音。那是你对我说的第一句话。

高校放暑假总是那样早。回到家里，闲得慌，串同学去！

和一孙姓男同学到了你的单位，你笑容可掬地招呼我们俩。我们走进你的办公室，在里边的椅子上坐下来。你上身穿着一件很别致的短袖，下身着一条及膝的浅色条纹短裙，脚上随便地趿拉着一双蓝色高跟塑料凉鞋，话音依旧是轻柔多情，只是又多了几分随和。那是我第一次近距离观察你，和你说话。你招呼一桌子同事陪我们吃饭，席间，你单独敬酒，第一次真真实实地近距离地站在我的面前。我透过你的发丝甚至能闻到你身上淡淡的化妆品香气。

再次来到你的单位，是我一人。你说饭店人多眼杂，吵得要命，我们自己做饭吃。你犹如家庭主妇拎只菜篮子飘然而去，将我一个人放在室中与你枕边杂志为伴。番茄炒鸡蛋，蒜苗牛肉片，一瓶啤酒你只是喝了小半盏，绝大部分时间都是你看着我吃、让着我吃，那顿饭我吃得可真饱。那是我们单独吃的第一次饭。

你给我写信说"可不可以跟我回我老家去一趟"，到了老家后我才知道"可不可以"的分量。你家人请了一大桌人来陪我，尽管你的父亲一再说只是同学随便来家玩玩，实际上小傻子也看得出，我就是你的小女婿。那是我第一次真正认识你：小女人，大主见。

我从宿州辗转几班车出现在你单位门前，已近日落西山。我上身穿棕色格子衬衫，下身着深色直筒裤，脚蹬棕色皮鞋。你不止一次说，那一刻西霞中的我是你心目中最迷人的男人形象。吃毕晚饭，我们去影院看电影《香港霸王花》，你借故"打得那样吓人"，将头贴在我的胸前，手箍住我的腰不松，那是我第一次感受到你小手的力量！

以后。

以后啊，我们走到了一起，至今。

题记：写给夫人刘晓君，祝天天好心情。

父亲的手艺

父亲晚年坐在门前柿子树下的石凳上，晒着暖阳，和我有过短暂的交流。他说他一生与土地为伍，农活做不出彩，侍弄庄稼本事一般，失败！他因此把自己归类为笨人。我笑：说自己笨的人，本就不笨；倒是自以为聪明的人，聪不聪明还两说。

父亲有一手漂亮的手艺活——编芦苇席子。席子是早期苏北农村应用较为广泛的床上用品，编席子的原材料是长在河边、汪塘周围茂密的芦苇。农闲时节，村民通过编席子赚取微薄的收入，补贴家用。我老家那个村子男女老少都会这门手艺，但要说手艺最好的，还是我的父亲。

秋末冬初，似乎一夜之间芦苇的浅绿被黄灿灿覆盖，冷风吹过，枯黄的叶片唰唰作响，毛茸茸的花穗随风舞动，这是父亲眼里最美的景。父亲收起燃尽了的烟斗，在布鞋底上磕两下，向手心吐了一口唾沫，搓了搓手。镰刀的寒光闪过，直立的芦苇应声倒下，偶有受惊的野鸭扑棱棱飞起，在不远处的芦苇丛中落下，这一刻夕阳正浓。

在父亲的眼里，收割回来的芦苇有严格的等级区分：粗细匀称、直拔高挑、颜色浅黄的属上品，用其编出来的席子俗称苇席，宜用来铺设婚床；短而粗的芦苇俗称"笔筒"，属次品，用其编出来的席子俗称芦席，常作包裹入土棺椁之用；细而长苗条状芦苇为中品，编出来的席子民众通用；余者乃残次品，除作编织草帘之材，唯燃炊之用！

冬季农闲，阳光和月光相继从芦苇上划过，芦苇的水分在寒风中蒸发殆尽，此时正是开篾破篾的最佳时机。父亲拇指与食指发力，"啪"的一声脆响，芦苇的干湿度恰到好处。篾刀过处，苇篾箭一般冲出父亲手心，破出来的苇篾柔滑修长，经石碾子反复碾压，刚性锐减，韧性翻倍。选一块宽阔平展之地，父亲下蹲，潮润润的苇篾子薄且细，随父亲的手指上下翻飞，仿佛在父亲的怀里欢呼雀跃。一袋烟工夫，父亲的身下露出一片洁白的苇席，远看极像天外仙人脚踏的祥云。一个冬季，父亲编出来的席子码成了"山"。不久，远近村庄的人都能用上父亲纯手工编织的纹路密集、材料天然、精致耐用的芦苇席子。

父亲编织的席子销售渠道单调得很：一是远近的熟客慕名上门选购；一是把席子运到集市上待售。有一点令父亲引以为傲：每每过完年，别人家的席子才刚上市，父亲编织的席子已售罄。

有一点让父亲极为不爽：邻居家的席子断了销路，要把席子码到父亲的席子里代销。此举被父亲断然拒绝！父亲说："我是笨人，不是我的生意，你递到我手里我也接不住。"当地人一直把父亲的手艺推崇为行业的标杆。父亲说，手艺活儿好不好，芦苇席子自己会说话。

父亲老年躺在医院病床上时，单就手艺这个话题，和我有过简短的对话。我问："都是营生的手艺，凭什么你编的席子就那么受人待见？"父亲略带忸怩，答："我喜欢编席子这门手艺活，编起席子来，天什么时候到了晌午，甚至肚子饿了，我都不知道。"看着父亲一脸的纯真与满足，一种从未有过的感受在我心头萦绕。孔子曰："知之者不如好之者，好之者不如乐之者。"这就是父亲极朴素的哲学观。这个乡下老农绝不是没文化，他只是不识字！

仅此而已。

母亲的树

在乡下，家家都有春天栽树的习惯，我家也不例外。与众不同的是，别人家都是男主人栽树，而我家的树多由母亲亲手植下。

农村栽树讲究，这一点父亲常挂在口头。"前不栽桑，后不栽柳，中间不栽鬼拍手。""三树院中栽，祸事天上来。""五树进阳宅，人穷家速败。"父亲没读过几天书，字也认不得几个。我不知道他从哪儿得来的这些谚语，竟记了一辈子。母亲却不管不顾，只要是她喜欢的树，父亲不反对，她要栽，父亲反对，她还是要栽。侍弄树似乎是母亲这辈子最愿意做的事。

母亲最喜欢栽果木树，菜园子里的桃树、杏树、柿子树、梨树最常见，常年吸引邻里和路人的眼光。枣树和石榴树院墙边孑然而立，不显山不露水，可每年都果实累累。门前紧靠路边的左边一株李子树、右边一株无花果树，凡自此经过的人都要多看几眼。父亲说，果子不好吃，砍了！母亲反对：不图好吃，图它好看，留着。一高一矮随风摇曳的两株果木树一直是我记忆中最难忘的风景，直到树王彻底霸占了那一块地界儿。

母亲去镇上赶集，返途中捡到两株意杨树苗，也许是从贩卖树苗的车辆上落下的，也许是有人故意丢弃的。大拇指般粗细，还没扁担长，瘦瘦的干巴巴的模样，似乎水分丢失太多，没有谁会认为它栽下去能成活，所以过往的行人皆视而不见，唯母亲宝贝一样捡回来，第一时间挖坑、植入、填土、浇水，一任它与篱笆为伍，与牵牛花做伴。谁承想多年以后，它竟成了我们村里的树王！找到树王就找到了我家，树王又成了我家的地标！我考上大学的那一年，父亲嫌树王老了，苦地面积太大，果木树都被它"欺负"得不结果了，养着无益，以两千八百元的天价卖了。邻居羡慕得要死，母亲的一棵树比邻居门前所有树卖得钱还要多得多。高校开学，母亲嘱咐我，在外安心，不要想家，把硬货收妥，这树王陪着你呢。

榆树在我乡下老家常见。三年困难时期，老百姓靠它活命，有过命的交情；榆树生命力极强，易成活，春天时榆钱随风落到哪儿就能在哪儿扎根抽芽。我家老宅高出平地很多，雨水常将宅基冲塌，母亲随手在沟底河畔拔一把一拃长的一年期的榆树幼苗，用铁锹在宅基上轧一道缝，将榆树幼苗插进去，用脚尖踏实，甚至连水都不需要浇，竟百分之百成活了，连父亲都觉着这种栽树的方式不可思议。

一个夏末，母亲为生产队做农活时在玉米田里发现了一株枣树幼苗，毫不迟疑将它连根拔起。一旁一起做活的二大娘自然不认为母亲能栽活它，偏要周围的娘几个见证，说这个季节要是能栽活这棵枣树，她就自己把自己的头给砍了，信誓旦旦。母亲带回枣树幼苗，仍是挖坑、植入、填土、浇水，而后又用一个破篮筐将幼苗罩住。过了几天，枣树幼苗叶片尽落，二大娘脸上乐开了花：我就说这烤炉一样的天枣树栽不活。一月余，母亲叫二大娘过来看，枣树幼苗竟抽出了嫩黄的新芽，邻里几个娘追着二大娘跑，笑着要她自己砍自己的脑袋。父亲在一旁抽着旱烟，可劲地笑。

在母亲的关照下，枣树和我一起长大，花满枝头，果实累累。客来家里，进了大门，总要先瞧一眼那树皮皲裂的枣树。夏季，刺眼的阳光透射过茂密的枝叶在地面留下斑驳的倩影，撒下一片清凉；秋季，红枣儿若一个个倒置的小灯笼，在阳光下闪耀着迷人的光泽，散发着诱人的芳香。来客走出大门前，往往还要留恋一番。

己亥年夏，枣树前所未有地茂盛，花仿佛堆在树上，枣儿直把树枝压弯。可入了秋，枣树叶片片飘落，未成熟的滚圆枣儿不断萎缩，瘦了腰身。到了深秋，枣树只剩下光秃秃的树干，众人不解。十月底，与病魔抗争了三年的母亲走到了生命尽头。父亲说，枣树是母亲亲手植下的，枣树通人性，跟着走了。

视频上看了刘震云的一期访谈录，刘震云回忆起他外祖母院子里的一棵枣树：特别大，硕果累累，月亮也特别大，把枣树的叶子打在地上，这也是他经常出现的一个梦境。他外祖母去世的那一年，那棵枣树莫名死去。刘震云红着眼睛说，枣树是有灵性的。

这话我信。

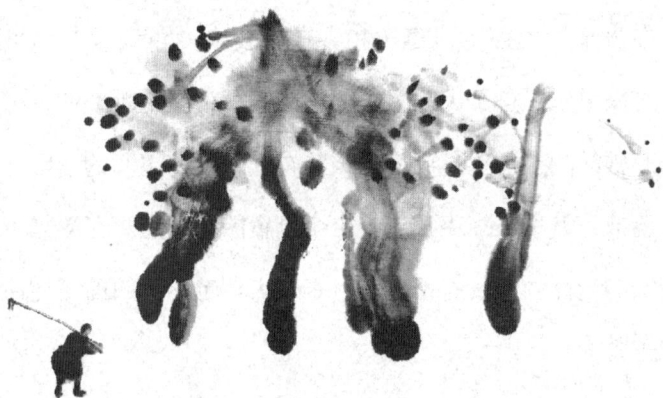

蒜地飘香

耄耋之年的父亲体力大不如从前，不过精神头儿十足，侍奉土地的热情依旧。今年春节，在家人的劝说、亲邻的游说下，父亲终于答应将他名下的四亩承包地转交给本房的青哥续种，条件是青哥不得丢失、荒芜任何一寸土地。

与土地打了一辈子交道的父亲对没有土地的生活一时难以适应。青哥说，门前的菜园子满足不了他老人家的需求，时不时看到老爷子背着双手，去农田看看，去沟畔转转。没了土地，父亲心里好像空落落的，坐立不安，心神不宁，看得直让人心疼。又过了些时日，青哥打来电话，说父亲屡不听劝，在北大沟的沟畔和坟地边缘各开垦出一块边角地，不是很大，却也方正平整，还覆膜种上了大蒜。

天哪，那里向来无人问津，杂草丰茂，灌木丛生，蛇虫出没。乡下人热衷于外出打工，大块的良田都不愿种，谁愿意费那气力开垦蛮荒！父亲愿意，且乐此不疲。

很难想象双腿做过髋关节置换手术的父亲凭着怎样的毅力，将一棵棵茅草捡拾干净，将一根根灌丛连根铲除，让两块蛮荒之地摇身蜕变为平整良田！我心急火燎地赶回家，透过车窗，老远就看到父亲于大门前端坐在方凳上悠闲地抽纸烟。

父亲的菜园子丰盛，唯独没有大蒜。我早些时间还纳闷呢，莫不是父亲预判今年大蒜行情走低，刻意为之？那也没有必要一点儿都不种吧。不承想父亲早有想法，隐藏得还很深。他很清楚，这种想法只要说出来，必遭家人反对，计划难以实施，流产的可能性极大。只干不说，方是上策。待木已成舟，说与不说，只能由他。父亲"阴谋"得逞。

周末回家，大蒜头铺满院内，父亲笑容满面，说这是北大沟的沟畔那一小块地的收成。果真是大丰收，蒜头均匀，小苹果般大小，灰白的外表，浅紫的内皮，空气中弥漫着大蒜独有的辛辣的气味。借着丰收的喜悦，我决定跟父亲一起去收坟场边上那一块地的大蒜。

初夏阳光直射，微风轻吹，绿色的麦田散发出清香的气息，碧绿的桑园枝叶茂盛，不时有人从茂密的桑叶中探出头来，和我们爷俩打招呼。父亲边走边给我介绍，这是谁家的田块，谁家的麦子长势好。我随声附和，内心却一直在琢磨那坟场边上被父亲开垦出来的究竟是怎样的一个地块。

离坟场还有一截子土路，老远就望见那方正平整的地块，我不禁惊诧。在一片荒芜、坑洼不平的坟场边上，一方平整方正且几乎没有一棵杂草的地块显得格外突兀！这是如何做到的？面对此情此景，谁都会有此一问。

"先用火烧！"父亲给我讲他的开荒史，"杂草灌木火一沾就着！"

父亲见我听得有兴致，索性放下手中的铁锹，深吸一口纸烟，给我详细地讲："烧剩下的草木灰是上等的肥料；草籽烧熟了，不用担心来年发芽；烧死的还有地表的害虫和病菌！"

"这个容易，"我笑，"那地是你一铁锹一铁锹挖出来的？"

"那当然，除了我还能有谁！"父亲回答得干脆，接下来情绪却明显低落了，"也累得够呛，睡了好几天身体才恢复过来。"

我突然间眼角润湿，一时木讷，竟不知说什么好。

农活从来都是体力活，说起来轻松，干起来就是另外一回事了。荒地可不是那么好挖的，地表可以烧得干净，但多年生地下草根和灌木根错综缠绕，将其深挖铲除需要技巧，更需要体力。八十多岁的老人凭着坚强的毅力和满腔的热情，将腐朽化为神奇，只有一种解释：他一生视土地为生命，他对土地爱得深沉!

　　眼前的地块,东西长约十米,南北宽两米有余,有边有垄,标准的长方形状,极像城里精心规划的花圃,有设想,更有创意。地块里的大蒜根茎枯黄,成排成行,微风轻抚,若姑娘害羞状,发际微颤。

　　我一铁锹挖下去,没怎么用力,两头大蒜便出土见天。脚踏在酥软的泥土上,鞋底稳稳地陷进泥土里,父亲道:"别说种大蒜,这墒情种什么不长?就是埋下去一个石头块也得结出一窝小石蛋来。"话毕,感觉说得太夸张,父亲自己都笑了。

　　青哥青嫂赶来帮忙,齐声称赞:"到底是新开垦的地,不重茬,大蒜长势就是好!"听了夸奖,父亲那饱经风霜的脸绽放出笑容。青嫂边拾掇蒜,边埋怨青哥不听她的话,说今年大蒜种少了,这会儿新鲜的大蒜头小贩上门收购价都两块钱一斤!我也有同感:多年不见的"蒜你狠"重出江湖了!

　　"只可惜我手里的地太少。"父亲提起一把刚挖出土的蒜,抖落掉蒜头上的泥土,看着又大又圆的蒜头,脸上尽是遗憾。

父亲的菜园子

乡下旧居翻建后的第一时间，父亲高兴得双眼眯成了一条缝，悄悄告诉我，房子气派、宽敞，比他想象得要好，他很满意，只是问："我的菜园子在哪儿呢？"

是啊，门前堆成山的建筑材料、建筑机械、建筑垃圾，霸占了父亲原先的菜地。睢宁正在迎接全国文明卫生城市验收，生活垃圾都要定点归置，更别说这成堆的建筑垃圾了。我正不知所措时，一辆纳智捷在门前马路边上停下，同宗同族的三哥从车里走了出来。我把困扰只说了一半，三哥便回了个干脆："简单！""建筑垃圾做水泥路面的地基用，用不完的在水泥路面两边挖坑深埋，挖出的新土覆在表层，养花、种菜！"到底是搞建筑的专家，行家一出手便知有没有，这"简单"俩字可不是谁都能随便说的。

水泥路面铺就，菜园子成形，父亲乐了：这菜园子比原先规范、齐整、更宽大，像城里的花圃。

　　周末我从城里回乡下，父亲的菜园子未见变化。可能前些日子旧居翻建，父亲片刻不曾清闲，里里外外拾掇，累着了。不说他已至耄耋，就是我这近知天命的年纪，每天晚上浑身散了架似的难受。想着身体恢复得差不多了，他自然会去料理。只是几个周末过去，一场雨后，父亲菜园子的表层已经被杂草覆盖，依然不见父亲有动静，这可不像父亲的做派！我想问个究竟。

　　父亲手提矮凳，在大门前水泥路面上坐下，微笑着续了一支香烟，像是一个老教授面对学生的质疑，早有预判，一切皆在他的掌控中！

　　"地层深处的土叫睡土，属于纯土，没氧气没养分，别说种菜，蛆虫在里面都难成活！翻到地面来，要醒！"

　　"用和好的发面蒸馒头需要先饧面！"我笑，"这是一个道理呗？"

　　"对！对！对！"我的插言让父亲有些兴奋，加快了语速，还不忘表扬我，"到底是读过书的，一点就通。"

　　"睡土白天要经太阳晒，晚上要经露水浸；冬天要经低温冻，秋天要经劲风吹，过了一个春秋，睡土就醒过来了，种什么长什么。"

　　我频频颔首，点头称是。自小常听母亲说，"庄稼活不用学，人家怎么着咱怎么着。"一直认为农家活最没有技术含量，是个人都能种，看来这显然是个误区。

我再次回到家里的时候，父亲的菜园子已是一片碧绿。

父亲的菜园子品类繁盛，四时应景。

嫩绿的青菜顶着露水从晨雾中探出头来，叶片密集向上，争着露脸；成排的香葱比肩疯长，圆筒状的葱绿一律向上，有刺破苍穹的气势，象牙似的葱白在土表欲露非露，如江南水乡女子的腿，赏心也悦目；四季萝卜叶片萎黄，略显寒酸，硬货却在地下，顺手拔起一个来，尝一口，胡萝卜多汁脆甜。用竹竿、直棍架起来的那种黄瓜叫翠青梢，藤蔓只沿地面伸展的叫落地黄，解渴或凉拌时翠青梢为上选，烧肉或腌咸菜时落地黄极佳。西红柿是蔬菜中的极品，不说生吃、凉拌、炒鸡蛋、烧汤，无所不能，单单果实累累，青的、黄的、红的小灯笼似的挂着，就是绝妙难得的农家画卷。

为农一辈子，有别于其他的老农，父亲种菜不光为吃，更为好看！

他来城里小住，看我阳台、案头、客厅养着兰花、滴水观音、仙人科之类花草，并不曾见其开花结果，便有不同看法。我给他解释：好看和好吃一样重要。自此，这个道理在他心里扎下了根，他的菜园子里也常有好看却不中吃的蔬菜瓜果，这倒每每饱了远近亲邻乃至过往行人的口福和眼福。

菜园子里不乏果木树，父亲亲手栽植，寻常品种，无非梨、桃、柿、杏，也有苹果、樱桃，都不珍贵。初春，花绽枝头，灿若云霞；入了夏，果实累累，枝头坠地。栽植果木树时，他不选地块居中位置，却偏向于地边。我担心树长大了会影响到邻里关系，却止不住他。去年，父亲让我帮他给果树剪枝，郑重强调：伸向邻居家方向的一枝不要剪去，待果子成熟，人家就不需要张口便能尝尝鲜了。心善之人，内心从不设防。

父亲种菜有独门秘籍！

丝瓜与苦瓜嫁接，瓜藤虫不咬，结出来的丝瓜外观苗条，有棱形条纹，味道清爽，略有苦瓜的风味。

西红柿开花时要像棉花一样打杈，底面有枝杈，会削弱植株的通风，导致营养不能全部输送到果实上，直接影响到成果的产量及品质。

樱桃树长大后，拉枝比修剪更能促进结果。把枝条密的地方用细绳往枝条稀疏的地方拉，只要光照和通风有保障，结果没问题。

蔬菜生虫，不必施农药：砍取杂树枝（农村常见的不同树种的枝条），去叶捋皮泡水，静置过夜，配清水稀释喷洒，害虫尽绝。环保、价廉、实用！

真正的反季节蔬菜是：错开时间下种，一年四季都能吃到想吃的蔬菜。

我从高校毕业后在外工作，平日回家甚少，家里活很少问津。偶尔下地干活，也仅仅是做个样子，所以我并不知道父亲的这些经验或者说心得价值几何。也许本就无益，也许纯属自娱，可父亲受用的神情告诉我：父亲的菜园子收获多多。

夜里一场春雨悄然而至，不胜娇羞，凌晨隐身离去。温暖湿润的春风扑面，清新的空气直沁心脾。菜园子里，蔬菜叶上的水珠深情微颤，果木树叶子唰唰作响。父亲在鸡笼里捡了几个土鸡蛋，双手高举，幸福地摇给我看。

父亲的春节

腊月二十三小年方过，父亲从老家打来电话："你忙，我只说两件事：前一阵子我感冒，好了，就嗓子哑，都一星期了也不见好。你问问你人民医院的同学这要紧不。今年我杀头猪、宰只羊，都回老家过年吧。"不容我应答，那边便传来电话挂断"嘟嘟嘟"的忙音。

"只是嗓子哑，都一星期了也不见好"，都七十多岁的人了。平日为了照顾丫丫，母亲跟我进了城，父亲一人在家过日子本属穷"对付"，偏偏农家人向来不把自己的病当回事。马虎不得，不容分说，我驱车回家看看。

说来惭愧，平日头顶天底下最光辉事业的光环，每月拿些散碎银两，除去来往开支，也仅够勉强糊口。眼见着身边的同学、朋友一个个成了富豪，这才想"换个活法"，利用八小时以外的时间"撞大运"去。可以想象这每日是怎样的忙碌，好在运气尚好，忙碌还算有回报。大运没有撞上，同学会因囊中羞涩躲在结账的人后面，眼见着人家埋单的尴尬倒是摆脱了。父亲电话里说"你忙"，一是理解，另一层意思是对我回老家次数日益减少的寒碜吧，应该是的。

妹夫虽是高级中学的领导，祖传杀猪宰羊的手艺却没有丢。自家人有这本领，犯不着再去请屠户了。长木案板在空旷的大门口支起，边上便是特制的大木桶，里面开水滚烫。自来水池边，磨刀霍霍，看热闹的也来帮忙。丫丫把大门关上，躲在院子里，直到整猪已经被分成两片放在案板上了，还用两小手捂着眼睛，不肯放下，从手指缝里瞧着那孤零零的猪头，小声叨咕着"好可怜"。母亲唯恐这刀光血影吓着丫丫，忙转移丫丫的注意力，说是带她去村头超市买奥利奥去。可不敢再让孩子看杀羊的场景，怕是看了连猪牛羊肉都不敢吃了！

杀猪菜定是丰盛的。亲邻近邻一大桌子坐着、说着、笑着，那喜庆洋溢在父亲的脸上。酒杯端起来，父亲吆喝着："酒满上，满上！""吃菜，吃菜！吃了再上！"到底是自己家养的猪，大盆盛肉，肉实在是香，那吃在嘴里、嚼在口中的感觉，自是平日市场上买的猪肉不能比的。饭毕，父亲带着酒后的满足和兴奋，更多的是得意，看着母亲把一块块猪肉装进我小车的后备厢，说："带走！都带走！带回城里吃去，哪儿也买不到我这样的猪肉！"

在人民医院姜同学的建议下，我带父亲来医院做全面检查。医院里人满为患，堪比节日跟前的菜市场。再加上姜同学带着我楼上楼下来回跑、找专家，让父亲原本平静的心情变得忐忑起来。父亲的紧张让我内心发怵，专家用口腔镜来回检查了三遍，边写病历边对姜同学说了句"干净得很"。姜同学笑着转过身来对着我说："放心吧，没事了。"父亲因紧张而严肃紧绷的脸突然可爱起来，"我就说没事，总不信！"发哑的嗓音伴着憨憨的笑容，顿时让大家忍俊不禁。原来这是节日临近，父亲忙碌引起的嗓内肌肉疲劳，又加上前些日子感冒导致免疫力下降，平日烟酒又凶且不加控制，导致了嗓音沙哑。果真！吃了专家开的药，除夕前一天，沙哑症状就基本消失了。

除夕原本就是父亲的节日。

家人忙里忙外，孩子上蹿下跳，父亲俨然是春节序曲的指挥家，可实际上没有人听他的，谁都不闲着啊。不过这并不妨碍他在一边指手画脚："菠菜要洗干净！""先烫莲藕后烫蒜苗！""炖膀蹄要小火！""丫丫跑慢点！""放烟花离小车远点！"直到菜上满桌，他才张开双臂在空中一招："来吧！"吃酒时，我明显感觉到父亲的兴奋。他一个一个劝酒，一个一个给夹菜，那满满的幸福洋溢在皱纹密布的脸上。

家有一老如有一宝！

老人的样子

老人姓吴，因我与其内侄女联姻，与我沾亲。按常理这种亲戚往来本不该多，也就爱人的娘家有婚丧嫁娶之类事宜时，间或能碰上一面，简短寒暄，餐罢即别。可我大学毕业分配的工作所在地就在老人老家的附近，偏偏老人时任地方镇财政所所长，于公于私往来偏多一些。更兼老人退休后落户红叶小区与我毗邻，我与老人的知遇情缘遂与日俱浓。

老人一生嗜酒。

和他共事过的同事自然知道他的嗜好，有求于他的什么事，每每都要与他喝上几杯：能力范围内的，又是同事所求，自不必说；力不能及的，再好的酒免谈！退休了，情绪上难免失落，此乃人之常情。"何以解忧？唯有杜康！"喝酒成了老人每日的必修课：中午半斤，晚上半斤。左手持烟，右手举杯，这样的生活成了老人后半生的习惯。古稀之后，因身体原因，老人已不胜烟酒之力，医生建议、家人劝说：戒烟戒酒！那段日子老人寝食难安，度日维艰，表面上积极配合，暗地里与酒续缘。不久，多年积存的老酒在悄无声息中穿喉而过。直到灵璧老友来睢宁看他，家人去拿老酒款待贵客，这惊天的秘密才昭然若揭。若不是家人告知，人民医院的主任医师至今还在疑惑：这么好的进口药在老人身上为什么迟迟不起作用。更有趣的是，老人出院后，家人考虑到戒酒对老人折磨日甚，每餐便允饮极少量的红酒解馋，然此浅尝辄止非但没有控制住老人的酒瘾，反倒助长了其腹内酒虫的活力。在每天于商店酒柜前徘徊之后，终于有一天，他趁店主不注意，拿起一瓶酒仓皇而逃。若不是店家说起，谁会相信耄耋之人竟会有如此令人捧腹之举。直到今日，老人已去，店家每逢与老人的家人见面寒暄，说及此还是忍俊不禁。

老人被安葬于风景秀丽的灵璧凤凰山坡，生前老友强掩悲痛，在其墓穴内特意放了几小瓶茅台、五粮液，这是对老人最好的抚慰吧。老人嗜酒一生，竟无一次酗酒，令人肃然起敬！

老人爱下象棋。

是投入精力过少抑或其他什么原因，老人向来输多赢少。确切地说，他的棋艺与我相距甚远，似不在一个层面，每次与老人过招，不过是满足他下棋的瘾。一次，吴公子在家宴请宾客，请我作陪，老人自然主位就座。席间主宾兴致极高，我也便多吃了几杯。宴毕，老人不由分说，拉着我的胳臂就往红叶小区物业俱乐部去。我知道，这里虽然没有什么高手，但老人想在这里赢一局还是不容易的，这分明是让我给他报仇来了。一进门，老爷子就高呼："散了，散了！高手来了，有谁敢来？！"人呼啦都散了，几个故友见了我忙打招呼，一致推荐一个我过去未曾见过的仝姓老头和我对局。可能是我中午多饮了几杯，或者是开始我有些轻敌，开局稍有些被动，一直辗转腾挪，中局时为了改变被动局面，我毅然"一车换双"掌控局面：对方已无赢棋可能，纵然往下无走棋漏洞，也只能主动求和。孰料老人误以为我是被迫"一车换双"，于是手抚棋盘连声高呼"和了和了"，语露惊人之举！老人已去，至今我还为那一日未能痛快淋漓战胜对手，让老人扬眉吐气一回而懊恼不已。

老人爱下象棋，虽棋艺不精，然认真对待事情的态度令人感动。

老人一生酷爱读书，视金钱如粪土。

计划经济年代，老人在粮食部门供职，改革开放初期又转到财政部门执政，一生帮人无数，但始终两袖清风，每与我闲聊起时下风气，既心痛又无奈。

老人最后一次病重入院治疗期间，我前去探视。老人高卧病床，见了我，虽不能言，仍颔首示意。吴二公子播放夜间父子二人聊天的视频，说：话说了一夜，累了。视频显示，老人不怕离去，相反还很乐观："你（吴二公子）部队转业落实工作，跟我借钱放出狠话'到时还你'，那800元钱怎么还不还我？"舐犊情深，令人潸然泪下。

如今老人已驾鹤西去，那一头银发根根晶莹，腰杆挺拔，背影清瘦矍铄的形象，一直在我心中挥之不去，不念即来。

回　家

没有哪个地方比家更让人眷恋的了。

家有父母。

过不惯城里生活的父母亲，每次来城里待不了几天，就迫不及待地嚷着要回乡下去。起初，我们都以为他们是怕给我们添麻烦，或者出入高楼大厦不方便。偶然一次的回家见闻让我知道：我彻底错了。炎炎烈日下，头戴草帽、身着湿透了汗衫的父亲正精心地侍弄着他的庄稼，仿佛艺术家在反复雕琢新出稿的作品；院落中，父亲坐在浓密树荫下，喝一口白酒，夹一粒母亲炒的花生米，悠哉闲哉地说笑；午后，父亲躺在躺椅上，一壶茶后鼾声如雷。母亲在一旁拾掇家务，这才是他们所要的生活！

能让父母更高兴的是到真正属于他们的一亩三分地上去，充分享受他们的生活！

家有贤内。

到饭点或回家晚了，接到的第一个电话十有八九是爱人的。

在父母看来，我已不是孩子，渐渐淡出了他们的视野；在子女眼里，我是大人，除非有所求，否则不会找我；只有她了，在她的眼里，她依然是我的玫瑰，我依旧是她的牵挂。所以啊，我专设《最浪漫的事》作为她来电时的手机铃声：铃声起，温情溢。

那个看了林黛玉就能掉眼泪、看了动物世界就要惊叫的人，需要一处温暖的臂弯，需要一座安全的靠山，我没有拒绝的理由。

家有儿女。

为了一个苹果，大的说小的"想找事"，小的告大的"不讲理"。面对"案情"，爷爷奶奶在一边笑着看热闹；爱人专注于厨事无暇问及；作为兼职法官的我，通常执法也只能是"以人为本，同情弱者"，无公正可言。

当我拖着疲惫的身躯出现在单元巷口，第一时间准确捕捉到我的肯定是那个边扭扭歪歪跑着，边兴高采烈嚷着"爸爸抱！爸爸抱！"的丫丫；当我周末在书桌前码字，一双冷手蒙住我的双眼，伴随着故意压低了的男低音"我是谁"，我知道儿子回来了。在单位，你可以有一百个理由耷拉着脑袋不高兴；在家里，你能？

回家。

布鞋情结

我对布鞋一直有很深的情结，以至于在众多场合，只要遇到穿布鞋的，无论男女，抑或职位高低，我都会有一种亲近感，即使不认识，也会颔首示意、微笑招呼。

小时候，家境窘困，夏天赤脚，春秋天穿单布鞋，冬天着棉布鞋，老大穿过老二穿，往往是一双布鞋前头被大脚趾拱出个洞，在前头贴块布打个补丁继续穿，直到鞋帮与鞋底完全脱落，才恋恋不舍地拿到换货郎那儿去，换块糖吃了事。那时穿一双新布鞋着实太奢侈，是件令人激动的事。

记忆中，我比儿时伙伴要幸运得多。心灵手巧的母亲不论在哪儿，手里不离针线，那厚厚的千层底上，密密麻麻的针眼儿是针线穿梭的印记，横成排，竖成行，斜成线，漂亮得如私塾老先生的小楷。更绝的是，这样的作品都是在母亲和婶娘们的说笑中完成的，不由得惊诧于母亲那娴熟的手艺了。穿着母亲给我做的布鞋，从小学到中学，从大学到工作。这其中究竟穿坏了多少双母亲的作品，确切的数字我已无法统计，只是那厚厚的鞋底、白色的包边、青色的鞋面一直是我心头最温馨的色彩，早早就定格在我的记忆中。

我穿的布鞋很少出现前头被拱破洞的现象，这主要归功于母亲的创新：将吊死鬼的外壳沿纵向剪开，平铺开并用针线缝制在鞋帮前头的内表面上，而后再将鞋帮与鞋底缝合，吊死鬼外壳的结实和柔韧之性能便发挥到了极致，鞋的外表照样美观。真难为她了，怎么就能想得出来？

爱人第一次到我家，在我耳朵边说母亲的手巧，从家人各种式样的布鞋就看得出来。最让她兴奋的是，第二次来我家时，母亲便拿出一双红色灯草绒鞋面的棉鞋，让她试试。尽管娘俩此前只见过一面，但那鞋如同量身打造，标准的三十六码，让从小只穿过皮鞋的小姐高兴得恨不能一蹦八个圈。回到自己家，她的姐妹们羡慕得不行。

时光荏苒，和全国一样，睢宁也发生了翻天覆地的变化，很多人早已习惯穿皮鞋，布鞋逐渐淡出了人们的视野。然近来，返璞归真的生活方式似乎又成了潮流，吃土菜、穿土衣成为时尚。透气、吸汗、养脚已不再是时下人们的唯一要求。"布"履轻盈、"步"步高升，主观愿望与传统文化的相得益彰主宰了人们的追求。布鞋白袜，男士内涵丰蕴、稳健洒脱、卓尔不凡；黑面浅跟，女孩舞步轻盈、婉约妩媚、令人心仪。

可能是中国的发展吸引了世界各国人的眼球，来华观光度假的外国人越来越多。据旅居海外的华人回来说，很多国外友人以家里墙上能挂上一双千层底手工布鞋作为饰物为荣，此话真假未曾考证，可布鞋吸引了不少国外人毋庸置疑。

布鞋旧忆馨香如故，让人难以释怀；布鞋情思暖意绵绵，令人不舍不弃。

面

我喜欢吃面。我说的面是南方人常说的面，即面条。面条是我国北方常见的一种主食，我是北方人，但这并非我喜欢面条的理由，我喜欢面条源自我对面条那由来已久的深厚情感。

我的童年正赶上计划经济的年代，温饱自然是一个家庭的头等大事。粮食短缺，要保证家里不断顿，确实需要父母亲的精打细算，所以吃面并不常有。哪顿饭如果吃的是面条，我会文静得像个丫头，坐在小板凳上，看着母亲和面、掺面、擀面、切面、煮面、盛面。至今，母亲边擀面，边腾出手来掖散落下来的一缕头发，边微笑着看我的一幕，仍深深刻在我的脑海里。

比我大两岁的四爷（辈分高）家兄妹多，家境艰难，和我家是邻居。有一天晚上，我去找他玩，恰逢他家在吃面，满屋无一人说话，尽是面条入口时发出的急促的"哧溜溜"声音。那声响重重地敲打在我心上，久久不能忘怀。

作为住校生，我在学校不常吃面，除非到街上找小摊去。

但每个回家的周末都是最温馨的时刻，葱花在油锅中噼里啪啦炸响，面条在沸水中上下翻飞，香气沁人心脾。伴随着母亲亲切的召唤，天底下没有比这更令人动容的场景了。

工作之后，我从母亲那儿学会了简单的做饭常识。当然，首先还是学会了煮面，可无论是清汤面，还是红汤面，都远不及母亲做的手擀面。好在如今母亲依然健康，眼下时常还能吃到母亲做的面，这是我的福分吧。

出差时，我最喜欢去扬州和苏州。扬州的虾鳝爆面，其浇头是现炒的，香气扑面而来。虾仁和鳝鱼口感鲜嫩，海鲜气息在舌尖上环绕。细面不软糯也不会生硬，口感略咸，似乎是大厨在挥洒调料时，不经意间多洒了几滴，不过这恰到好处，吃到嘴里令人回味无穷。苏州的面，讲究宽汤、硬面、重浇头。美味斋的苏氏汤面自是一绝，正宗的苏氏面，从浇头、面条到汤底都是名副其实的老味道，只是口味偏甜，这也算是苏州面的特色吧。

我没有去过意大利，据说意大利面很有名气。欣赏意大利的影片时，我常会留意影片中的人物吃面条的情节，意大利面的酱料是主角，面是配角，无汤，要用叉子卷起来吃。

我还是喜欢我们的面。

工作和社交的原因，饭局总是有的，酒后的主餐，萝卜丝面是我的最爱。后院李老爷子是民间老中医，对中国的传统医学有独到的见解。谈到吃，他说面条的热量低，不会引起人体发胖；面条的口感柔和，可以缓解酒精辛辣的刺激；萝卜丝有助消化的功效；面汤中集中了大量的淀粉消化酶，是"消灭"满腹酒菜的有力"武器"！

我和面有缘，我总觉得。

门前丝瓜藤

城里寸土寸金。很难得，我家门前有一方两平方米左右的花池，与邻居共享。花池红砖砌壁，水泥勾缝，外以细条状白瓷砖饰之，典雅实用，古朴端庄，看了不由得佩服邻居家男主人的别具匠心。花池南壁紧邻棉纺厂的北围墙，所以一年四季背阴。早先种植些花儿，只见枝叶茂盛，并不曾见到些花果，两家人遂不再奢望，早晚只栽几棵葱、蒜什么的。渐渐地，草主宰了花池。

母亲进城来我家，还没有进门，甚至手里的东西都没有放下，看看花池又看看我，意思是这满花池的草是怎么回事。我连忙将老太太领进家，顺手关上大门，生怕邻居家听了指不定会怎么想呢。老太太对"背阴、有叶不花、有花不果，上班没时间，家里不缺那几株花"不以为然，直道："不像话！"

不知从什么时候起，花池里冒出了瓜芽。

几日过去，鬼筋样的瓜蔓沿着墙壁，艰难地向上伸展。

看着我每天都要端详那瓜蔓，爱人忍不住嘀咕："长得跟钓鱼线似的，能活着就不错了，说它能结丝瓜，谁信？！"

"快来看！"有一天，邻居家女主人兴奋起来，"瓜蔓开花了！"那幸福的表情分明是说瓜蔓无时不在左右她的视线。一朵黄色的小花孤独地开着，周围还有米粒团样的花骨朵，只是那孱弱的瓜藤让人想起"营养严重不良的埃塞俄比亚女人如何生育自己的宝宝"。

邻居男主人首先拾起了自信，梯上梯下忙得不亦乐乎，一个漂亮的钢丝棚覆盖了两家的巷口，那劲头就是说你等着摘丝瓜吧。

当纤细的瓜藤全力上进，弹簧状的瓜须抓住一切可能的帮助努力攀高时，叶片已由酒杯口大小渐渐长成小碗口模样了，当然黄色的花朵比比皆是，几条嫩丝瓜羞涩地从叶片间探出头来。一场雨后，丝瓜藤生长得快得让人几乎能听到簌簌的伸展声音。入了夏，丝瓜藤已完全覆盖了整个瓜棚，不久，整个单元楼家家户户都吃到了母亲种的丝瓜。

灵璧来的同学钱炎夫妇对味道纯正、纯天然的丝瓜藤赞不绝口。还有，瓜棚遮阴，搬把小板凳坐下，看书、下棋、聊天、听音乐，实乃天然氧吧，在城里确属难得。这位安徽农学院毕业的高才生，还从植物学的角度对母亲的种植选择给予了充分肯定：丝瓜藤苗小体弱并不要紧，只需爬过墙头，便可充分享受阳光辐射，光合作用大大增强，形成遮天蔽日强势增长的态势。

常来瓜棚纳凉的后院邻居沙姓老爷子，年事已高，天气突变，哮喘的老毛病时有发作。他说将丝瓜藤从根部以上一尺左右剪短，茬部插入啤酒瓶，小半天的工夫便可接收一瓶丝瓜藤汁液，小火煎开，冷凉备用，治疗痼疾哮喘有奇效。

同事小夏前来串门，以时尚女性的视角对丝瓜褒扬有加：补水、美白、祛皱、消炎，时令蔬菜，不可多得。

谁承想，在农村司空见惯的蔬菜，到了城里，竟有如此的身价，物以稀为贵吧。望着渐黄渐枯的丝瓜藤，不为清香的口味，不为营养的价值，更不为众人的口碑，单单为招人眼球的那片绿荫，来年还要种，我铁定了主意。

十五岁的爱情

十五岁那一年，小伙子正上高一。

念及小伙子品貌还算端正，手勤嘴甜，疼老爱少，家庭状况一般，父母忠厚勤俭，小学四年级的班主任陈老师亲自上门保媒，要将他姐姐婆家的侄女与小伙子联姻。那时上高中都不容易，更别谈考大学了。一个镇中学高考"光头"（无人考上）是常有的事，尽管小伙子从小学到高中成绩一直不错，可陈老师仍不看好他。他认定，为当年他班里成绩最好的学生寻一个漂亮的媳妇，功在一人，利在一家，更何况女方还是他熟悉的亲戚！他有把握促成这门亲事。

相亲当然在陈老师的姐姐家里进行。

小伙子跟在陈老师的身后到了相约地点。腼腆文静又局促不安，一个人坐在门边的一条板凳上，像集市上待售的小马驹等待人们的点评。门外、窗下挤满了赵姑娘的亲朋好友，大家窃窃私语，交头接耳，指指点点，品头论足，不时传出莫名的笑声。临行前，陈老师已把相亲的具体环节——做了说明，小伙子知道，姑娘露面之前就该有这个细节。哪能这么被动啊，与其坐着受煎熬，不如走出去！

小伙子起身，顺手将半掩的门"吱呀"一声拉开，半笑着说："进来吧，你们！"

院内的人们谁也没有料到小伙子会有这么个动作，争先恐后地向大门外跑去，转眼间，偌大的院落里只剩下赵姑娘一个人和门内的张小伙子面面相觑。

大门外的陈老师不知出了什么事，被吓坏了，拨开人群，一个箭步冲进大门。小伙子和赵姑娘的目光瞬间都转移到了他的身上，不知所措的陈老师连忙"哦、哦"转过身去，双手在空中轰着大门边的女人们。

"进来吧，你们！"门外一个姑娘学着小伙子的腔调说话，引得女人们又是快乐地欢笑着。

室内，男女对坐，寂静无声。

"你上过学吗？"其实小伙子听陈老师说过，她初中毕业。姑娘低头无语。

"你会做什么饭？"

"……"似乎姑娘的头又低了些。

"你会做针线？"说话的时候，小伙子注意到姑娘脸色微红，抬头扫了一眼自己，旋即又低下了头，欲言又止。

空气都显得沉闷。

不说话算怎么回事啊？

"我见过你的，你去过我们村走亲戚。"姑娘有些不安，脚尖在地上来回移动。这时，小伙子才发现姑娘脚上穿着一双新高跟鞋。

"你穿高跟鞋很漂亮。"姑娘显得不安。

室内空气几乎凝固了。

"我们村晚上放电影《甜蜜的爱情》，我请你去看。"

"你！你！你欺负人！"姑娘激动得脸色通红，"你！你！你耍流氓！"话毕，姑娘双手捂脸，夺门而出！

陈老师进来时，小伙子呆若木鸡、神情木然。气愤至极的陈老师听不进小伙子对"欺负人、耍流氓"的任何解释，回家后，小伙子自然少不了父母的一顿呵斥。

若干年后，陈老师与小伙子在县城偶见，师徒家中叙旧，言及那次相亲，感慨良多，陈老师大醉而归。

之后，小伙子爱人常会以那次相亲逗趣取笑："说说，说说看，你怎么欺负人、耍流氓的？"

小伙子就是我。

旧事远去，谨以此文献给"七夕"。

往事不堪回首

清早，母亲从地里打猪草回来，途经村后的汪塘，发现汪塘异样，原本薄纱般水雾笼罩下的水面呈淡青绿，今儿却是一片灰白。母亲放下草筐，走近水边仔细看，发现水面上竟漂着一层白花花的鱼！

汪塘偏离住户较远，人迹罕至。塘中鱼种类繁多，无非是一些常见的杂鱼，最多的还是小白鱼，俗称"面窜子"，尖嘴、狭长、细鳞、软刺，织布梭般大小，因在水面上游速极快得名。这种鱼一般浮于水面，以浮游生物为食，喜群居。那时的汪塘管理权属生产队集体所有，这些鱼并非集体放养，属自然生长，农村自古就有"水无百日无鱼"的说法。

记忆中，小时候，农村的鱼随处可见，河里、溪中、沟渠到处都有鱼。夏季雨后，大河淌水小河满，汪塘四溢，随处可见小水沟、田间水洼，只要有水的地儿，随便哪儿都能捉得鱼来。农家人说，腥死烂臭的，谁稀罕吃它！实际上是舍不得油盐。那年月，油盐是计划供应，比粮食金贵，家里来了贵客才舍得用，唯恐白白浪费了去。

母亲凑近水面，看到水面上漂了一层小白鱼，有的腹部朝上已经死去，有的晕头转向乱跳，更多的鱼儿无力游动，苟延残喘，命若游丝。水面上不时有鱼儿扑簌簌的挣扎声，似乎还有淡淡的农药味。母亲凭经验判断，这是棉农给农作物打农药装水时，将药筒放进汪塘直接灌水，药筒里的农药残液倒溢，导致鱼儿中了毒。母亲轻轻地摇了摇头，欲转身离去，复又蹲下，扯了一片荷叶，伸手去捞靠近岸边无力挣扎的鱼。

但凡非正常死亡的鱼，腥气都比较重。母亲用清水将鱼冲涮、漂洗干净，掐去小白鱼的头部，剔除内脏，原本就不大的小白鱼仅剩下手指长短的鱼身部分，装了满满一大白瓷碗。母亲从菜园掐回一把小茴香嫩叶和几根薄荷嫩枝盖住碗口，以防苍蝇在鱼儿周围嗡嗡乱飞。最后，母亲还赶走身旁垂涎欲滴的看门狗，生怕它吃了鱼的糟粕，害了性命。

母亲向来节俭，小到家人的衣帽鞋袜、灶前的油盐酱醋，大到亲戚往来、粮食收成，总要精打细算。偶有父亲从外面带回家一条鱼、一只野兔或者几只鸟蛋，母亲只会用火烤熟让孩子尝尝鲜。"用锅炒，那要费多少油盐材料啊！"这是我小时候听母亲说得最多的一句口头禅。可今儿母亲要做鱼吃，是家里中午要来客吧？是母亲好久没有看到我贪婪的吃相了吧？是看不下去父亲喝口酒桌上总是没有下酒菜了吧？我不再瞎琢磨，总之有鱼吃，像过年一般高兴。

农村柴草灶做饭就是香。我兴奋地站在灶旁看着母亲做鱼。菜籽油在热锅里冒着青烟，伴着葱花嗞嗞地响，小白鱼在铁锅里冒着热气，渐渐变黄，一股鱼香在空气中弥漫，渐渐扩散到整个房间、院落、左邻右舍家中。缺少吃喝的年代，人的嗅觉极为灵敏，一袋烟的工夫，村邻都知道我家做鱼吃了。

父亲赤脚进门，莫名地兴奋，肩上的农具还没放下，一头钻进了锅屋（厨房）。父亲走出锅屋的时候，脸上先前的笑容荡然无存，取而代之的是一脸的沮丧。

父亲埋怨母亲："这是胡闹！吃中毒了咋办？"母亲无力反驳，只是反复强调，鱼清理得仔细，又用清水漂洗了很多遍，应该不会有问题。"那……那……那万一有问题怎么办？"在当时医疗条件相对落后的农村，后果永远比结果更重要！

鱼已经盛在白瓷盆里，就放在饭桌的中央。我和妹妹坐在桌边，两眼直勾勾地朝中间看。父亲坐在靠门的矮凳上，叭叭抽着旱烟。母亲坐在门外的矮凳上，小声和父亲争论。母亲说由她先吃，她吃后没事，大家再吃。父亲主意已决：倒掉，不许冒险。母亲不乐意，花了一上午的工夫不说，废了很多油盐！孩子们都眼巴巴等了多半天了！

没有比眼睁睁地看着却吃不到嘴里更难熬的事情了。时间在期待和煎熬中一秒一分地过去，直到邻居都吃罢了午饭，到我家串门，那盆鱼还在桌中央放着。

隔排邻居胖大嫂循着鱼香进了我家的院门。胖大嫂年龄比我父母大，脾气好，向来心直口快，属于得罪了人自己还不知道的那种，平日里最乐意串门。见我们一家人面露难色，她倍感好奇，偏要问个究竟，听了事情的完整经过后，迅速端过鱼盆可劲地嗅，嗓门提高了八度：“我打包票，放心吃，绝对没事！”说话的当口，左右邻居围了上来，七嘴八舌，各抒己见。

主意还是父亲拿：“不许吃！倒掉！一顿饭事小，人命事大！”

“倒掉？”胖大嫂质疑父亲，“二爷，你也忒阔了，花了油盐做好的一盆鱼，说倒就倒了！我问你，倒了，狗猫鸡鸭吃了中毒，算不算你倒霉？”父亲一时语塞，仍朝母亲挥挥手。胖大嫂抢先母亲一步端起鱼盆，问父亲：“二爷，当真倒掉？”父亲点头。胖大嫂追问：“这是真话？”父亲再次点头，依然果断。

“我吃！”大嫂说得干脆，“吃了不疼糟蹋疼！”

“早就看出来你想吃！”众人大笑，“万一你吃中毒怎么办？”

　　胖大嫂再次提高嗓门："大家伙做证，毒死活该，与二爷无关！"话毕，从桌上拿起一双筷子，端起鱼盆，狼吞虎咽。我和妹妹两眼直勾勾地看着，不停地咽口水。

　　胖大嫂用果敢、无畏、生猛的举止最终赢得一个美好的结局。在众人欢笑中，胖大嫂打了个饱嗝，临走的时候还不忘怼了母亲一句："你可真舍得放油，够香！"

　　"我放那么多油，一家老小都没能吃上一口。"母亲晚年时还时常遗憾当年那盆鱼呢。

一枚黄杏

我上小学时学校没有教室。二年级那年我和小伙伴是在本村的一间民房里度过的，每次上学都要从三莁（cuò）姐姐家门前经过，准确地说每次都要从三莁姐姐家门前的那棵老杏树下经过。老杏树枝繁叶茂，电线杆般粗细，在宅前一堆乱石杂草中突兀地立着。三莁姐姐父亲去世得早，三姐妹随母亲度日。三莁姐姐的母亲是个瘦小精干的老太太，每次看到我们放学归来，在树下驻足，向树上张望，总会提醒我们：那树下乱石杂草中经常有蛇出没，可千万别给咬着！于是我们心里便有了顾虑，等到某一天老杏树满地残枝败叶，满树的黄杏不见踪影时，心里暗自连呼上当！三莁姐姐看我们眼巴巴地盯着杏树，便端着一小柳筐黄杏，笑眯眯地给我们每人一捧。三莁姐姐那一刻甜美的笑容连同黄杏酸甜的味道深深地印在了我童年的记忆中。

黄杏没了，树在。

再次从树下经过，我仍然会心有不甘地向上张望，总相信那么大的一棵杏树，老太太不会寻得那么干净。可是一次次苦寻，一次次失望，就在我暗自惊奇小脚老太太眼神好的同时，斜向上东北方向高处的浓密叶片间的一枚黄杏进入了我的视线！我转身，确认四周没有人注意到我，当即做出决定：不着急打下它，因为除了我没人看得到。

于是，每天上下学成了我的热切盼望。

经过老杏树时我必须看一眼，它的存在是我愉悦的源泉；经过老杏树时我只能看一眼，不能让其他人知道一枚黄杏在树上每天两次与我约会；经过老杏树时我还要看一眼，每次都笑眯眯地看着三莛姐姐。

那天早上，我因贪睡起来晚了，顾不得其他，拿起小布书包就向学校跑去，途经老杏树下，还没有忘记要给那枚黄杏抛个媚眼，可把我急傻了，黄杏不见了！路上的水坑我也没有注意到，到校后匆忙喊了一声"报告"，惹得正上课的老师和全班的同学都惊奇地看着我，裤腿、鞋沾满水和泥。反正那堂课老师讲的是什么，我都听不进去，一直在想，黄杏是被人打下了？是躲到叶片后去了我没看清？窗外的屋檐还在嘀嗒嘀嗒地滴着雨水。

一下早学，我便箭一般冲出教室，全然不顾老师和同学诧异的目光。

小路湿漉漉的，两旁的树木绿得碧翠。无暇顾及，我向老杏树飞奔，跑着跑着便慢了下来。远远地，我看见正站在树下的三莛姐姐，依然笑眯眯地看着我。

那枚黄杏正躺在三莛姐姐的手中。

"不是我把它打下来的，是昨夜的大雨把它淋下来的。"三莛姐姐的话好像带着内疚，让我越发无地自容。天哪，她竟然知道我的秘密！怪不得我每次经过老杏树时，总能远远地见到她。我幸福地从三莛姐姐手里接过那枚明显带着她体温的黄杏，羞涩、兴奋、难为情齐聚心头。

回到家，我把那枚黄杏放在桌上，总也看不够。圆圆的，金黄色，纵中面有一道浅纹，蒂部向内凹进，有点像出生不久婴儿的小屁股。凑近闻，香甜的味道令人沉醉。哦，这枚黄杏，我们朝夕相见却又让我牵肠挂肚的朋友。

那枚黄杏在我家里待了十一天，因为第十二天时，一个到我家串门的婶娘，不客气地从桌上拿起那枚黄杏，等到我妈妈举手阻拦时，她已将那枚黄杏一掰为二，我妈只好停止了阻拦，黄杏就这样被婶娘无情地吞下。

想起那枚黄杏，就想起老杏树，想起三莛姐姐，想起我童年那段颇为遗憾的经历。

一缸绿荷

乡下旧居改造完成，院中堆着的旧家具连同旧电器在父母亲的不舍中一并被几个收废品的"洗劫一空"，偌大的院落里空落落的，几只盛粮食的水泥缸默默地蹲守在西院墙根儿，与枣树为邻，风餐露宿，记录着岁月的沧桑与蹉跎。

时下，水泥缸已属鸡肋：留之无用，弃之可惜。想起 QQ 好友"淡淡莲心"小院里的缸荷，遂刻意效仿之。用父亲的电动三轮车从承包地头拉回一车泥土，装了半水泥缸，塑料软管接水龙头注水，直至缸满水溢。

我曾问淡淡莲心，种荷有何秘诀？她说：简单，埋下莲子即可。我读过季羡林先生的《清塘荷韵》，莲子外壳坚硬，需借助外力，机械破壳，埋于水中污泥，三年方能发芽。我是急性子，等不得这许久时光，巴不得幼荷的尖尖角像电影里的特效镜头，这会儿正从缸里水面上徐徐冒出。

时令虽过立秋，正午阳光正烈。父亲赶集回来，笑容满面地招呼我，手里举着几节莲藕给我看。他说：莲藕有芽，就能长出新叶。我半信半疑将几节莲藕芽朝上埋入水泥缸中，俨然种下一个绿荷翩翩的期待。

我大约一个礼拜回乡下老家一趟，耄耋之年的老人永远是我心中的牵挂，西墙根儿的水泥缸成了我难以释怀的心事。每次回老家，我有事没事总要到缸前转转，仔细端详缸底，看是否有新生命诞生的迹象，只是现实总让我失望。

我问淡淡莲心种莲的季节，她回：初春种下，初夏发芽。我才知道自己莽撞了，播种需要时令，发芽更需时宜，牵强不得。打这以后，我回家的次数不少反多，只是不再奢望水泥缸里这么快就有新生命的诞生。心有不甘的我时不时还会在水泥缸前屏气凝神，渴望一个逆袭故事的发生。

期待令人心动，等待却是一种煎熬。

隆冬季节，泼水成冰，院中的自来水水龙头冻裂，换水龙头的时候，我仍不忘看一眼身旁的水泥缸，水面结了厚冰，用手中的扳手砸一下，冰面出现一点白痕。想那厨房里的萝卜白菜都被冻得梆硬，更何况这埋在冻水冻土中的莲藕，怕是等不及年后春暖花开，就已经腐烂成泥了吧。普天下再没有比希望化为绝望更让人无助、无语、无奈的了！

冬去春来，气温回升，缸中水面渐低，打消了藕芽冒出的奢望，便也没了给水泥缸续水的殷勤和执着，好在今年春夏之交天公作美，雨水不断，水泥缸里的水从未干涸过。

一个周末的午后，我照例回老家，开了院门，瞥了一眼水泥缸，奇迹竟然出现了，水泥缸的水面上漂着两片小碗口大小的荷叶！顾不得放下手提的物品，我快步走向水泥缸，想看个仔细。两片荷叶并不嫩绿，颜色浅黄，叶面微皱，倒像是刚出生的婴儿就带有小老头般的皱褶，两片荷叶各有一条细线般的葶茎从水底拽着，一如空中的风筝，又如儿童手中的氢气球。另有两个尖尖角似乎羞于见人，深藏水中。

够了，足够了，我还有什么不满足的？人世间再没有比奇迹出现更能令人欣喜若狂！我不知该如何描述自己此刻的心情。我并不关心荷的叶片是否会长大变绿，我也不在乎以后荷叶能不能变成亭亭舞女的裙，我甚至不渴望荷开花结莲。人要知足。

再次回到老家，大门锁尚没打开，门缝里我就瞧见蓊蓊郁郁的绿荷高出水面许多，笼罩了整个水泥缸。

喜欢荷的人不需要去找理由，有人喜欢荷出淤泥而不染的高洁；有人贪恋藕茎是上等的食材；有人崇尚莲藕的寓意最符合人的主观意愿；我独喜欢它强大的生命力给人的惊喜。

如今父亲已驾鹤西去，断然看不到那葱翠欲滴的满满一缸绿荷。从集市回来他手举藕芽那憨憨的笑容定格在我的脑海，这缸绿荷是我们父子俩现存为数不多的联袂之作，是老人家留给我最值得珍藏的私产和念想。

　　不见去年人，泪湿衣衫襟。

一株马齿苋

初夏，我给窗台上的一盆棕榈松土施肥，意外发现棕榈边冒出一株马齿苋，根茎紫红，叶片肥硕，与清瘦的棕榈反差强烈。我不忍心去除掉这个刚诞生的生命，只希望能和它多相处一些时日。

马齿苋在我乡下老家叫马菜，田间地头随处可见。母亲说，马菜是好东西，三年困难时期不少农村人靠它活命。现在生活好了，乡下人会偶尔吃几口，大部分卖到了城里，上了城里人的餐桌。

马齿苋长得很快，几天的工夫，枝蔓已伸展到了盆外，这应该得益于花盆里土壤的丰富营养，土壤里的营养通过半透明的紫红的根茎源源不断地向叶片输送，似乎听得到细胞分蘖的啪啪声。

我不善于侍弄花草，平日只养一些耐干旱或耐水淹的绿植，如吊兰、棕榈、滴水观音之类，看了人家养的花草那般清秀、水灵，自然羡慕得很，也买回来养，每每都以失败告终，这与我做事不上心有关系。有一天，我突然想起窗台上花盆里那株马齿苋，去看时发现花盆里已没了马齿苋！我仔细观察，花盆里的土有松动的痕迹，只有一种可能：爱人清理花盆，把马齿苋当普通杂草清除了。我在爱人面前直惋惜，那么一株肥硕的马齿苋白瞎了性命！爱人笑道："你指望吃它吗？"我叹息："不指望吃它，耐看也成！"爱人不想看到我低落的情绪，开玩笑对我说："拔下来就扔到窗台底下的垃圾筐里了，你要稀罕，再栽上，或许还能活。"能不能活且不管，死马权当活马医，再糟，死马只当再死一次！我蹿上二楼，果真在垃圾筐里找到已经蔫成一根毛线般粗细的马齿苋，挖坑、植入、填土、浇水，只待一个奇迹的出现。

第二天晨起头一件事，我就去看马齿苋。哈哈，马齿苋根茎由绵软变得坚挺，蔫塌的叶片抬起了头，真正的返阳还魂！当然我没有再放过关照它的任何机会，有空便去浇一浇透水，理一理藤蔓，摘一摘枯叶，不让它再受半点委屈。

马齿苋的花大红颜色，喇叭形状，独花蒂肥大，类若仙人掌，花期长，基本上白天盛开，晚上闭合，难怪它有"太阳花"的美名。马齿苋旺盛期藤蔓发达，叶片开始细碎，"长路奉献给远方，玫瑰奉献给爱情"。绿叶奉献给了花朵，这是绿叶对花朵的情意！

马齿苋长达四个月的花期令人难以置信，更令人惊诧的是，马齿苋的枝蔓从花盆的边缘自然垂下，俨然成了花盆的红色流苏。盛装掩映下的花盆若待嫁新人的头饰，在一排绿色盆植中显得鹤立鸡群。立冬，紫红的马齿苋愈发浓艳。

养不来鲜花，就养一株野草，心境淡然，目之所及皆是风景。

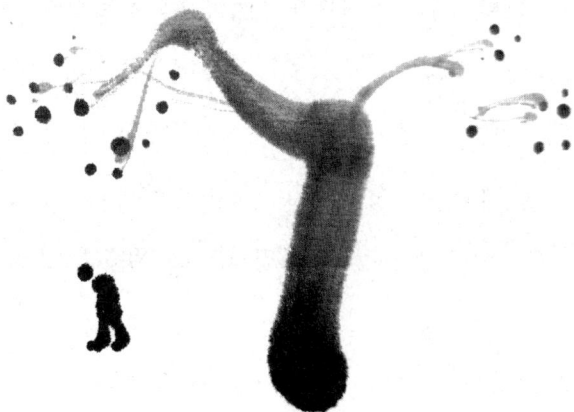

在路上

　　人生之路可能不如希望的那般美好，但也未必如失望的那般糟糕。

　　小时候，光着脚丫子满村跑是常有的事，不要说夏季，就是冬季的雨后，手里拎着鞋在大路上匆匆而过也不是什么稀罕景象。添一双新鞋，那可比过新年还新鲜，鞋金贵着呢，谁要穿着鞋在泥水里跑，不落个"败家子"的名声才怪！我清楚地记得，母亲起早贪黑给我做了一双布鞋，邻里四周的小伙伴谁走亲戚都要借去穿上一天两天，没有几日，鞋边便起毛了。母亲看着，嘴里说我"脚长牙了"，心里自然知道怎么回事，只是我看见鞋就没有笑脸了，委屈极了。

　　本村吴姓的一户人家从外地回来，买了一辆半旧的飞鸽牌自行车，那可是村里的第一辆自行车！弟兄三人都不会骑，只能一人在前面牵着，两个人在后面扶着，那一幕可把我羡慕得不行。晒场上，他们学习骑车的过程始终吸引着我的目光。像欣赏马戏一样，我坐在晒场边不离不弃。就连他们腿上练车摔伤留下的青色印记，也让我羡慕不已。

高一那年，父亲倾其所有给家里添了一辆长征牌自行车，从此我便成了"有车族"。从踏脚踏滑行、别大杠、踩中轴发展到最后的踏脚踏常规上车，这些不同的上车方式展现着彼时我对自行车的迷恋与痴情。

工作第一年，我便托人买了一辆上海产的凤凰牌加重自行车，时价273元，感觉真是棒极了。彼时别人都以骑小架车为荣，笑话我古板，跟不上形势，其实我心里有自己的打算：爱人已有身孕，不久之后我的加重凤凰便会有用武之地。等到凤凰驮着我和大腹便便的爱人往返于单位和老家的时候，同事方体会到小架车的单薄与不实用。实在怀念那一段的骑车时光，烈日炎炎，路上绿荫如盖，微风吹过，车后载着爱人，悄悄话说着，心里真是叫美。时光如梭，凤凰载一个，载两个，载三个，一直到儿子长大，凤凰终于不堪重负。爱人说，换辆摩托吧，之后金城90、豪爵125相继成了我的坐骑。

摩托车是快，终究追不上如歌的岁月。

如今我已有了东风日产汽车，整日忙碌，即便是爱人坐在车里，往日的悄悄话已是不多见了，说得最多的是没完没了的唠叨，老人的、孩子的、单位的、公司的，当然唠叨话题最多的还是有关我的。郭达、蔡明的小品《最浪漫的事》几近是我们生活的翻版。中学时代看《弘一法师》百思不得其解，青灯黄卷为什么是大师的最终选择，现在我才知道那可是常人不可企及的至高境界！

昨天我车子刚停稳，爱人牵一辆自行车从小巷中出来，说要出去买菜。我连忙说等等，我轻身上车，爱人手臂箍着我的腰身，车子沿人行道西行而去。爱人看我面带喜色，不知何故，我口不言，心里悦然：筑梦的路上，我们从未止步！

"苟日新，日日新，又日新。"

乡情篇

大李集情思

很多年前，我喜欢在桃李公路上游荡。路旁白杨树的叶片在风的吹拂下唰唰作响，催快我的脚步，脚下的路面默默向我身后延伸，稀疏的行人行色匆匆，没有人在意我这个穷学生。桃李公路连接桃园、李集两个集镇，宽阔、平坦、笔直，一头连接落后，一头连接先行，我就住在落后的一头。走在桃李公路上，离桃园渐行渐远，距李集却越来越近。希望就在前面不远处等着我，这种心理曾一度伴随我三年中学时光。

初识大李集是在那年我中考时。第一次走出偏僻小村庄，去看外面的大世界，期待、兴奋令我夜不能眠，就连多年以后第一次相亲我也没有那样心慌过。父亲不止一次说，大李集发达得很，"那可是苏北的小南京"，"不信，等等看，到了大李集，你那两个眼睛都不够使的"。

中考考场设置在李集中学。李集中学大门古朴、端庄、气派；宣传画廊张贴的光荣榜喜庆醒目；校园内竟有小河流水，河

边的垂柳柳丝低垂，几乎挨到水面上；每间教室照明日光灯多达
六盏。我就像刘姥姥初进大观园，目之所及皆是新鲜。站在高耸
入云的旗杆旁，想我那乡下中学寒酸的校舍、坑洼的操场，土墙
围就的院落，半截槽钢就是我们朝夕相伴的信号铃，我除了目瞪
口呆就是叹为观止，校园竟可以气派得如此夸张！

中考最后一门科目结束，新华书店在校园内摆起长摊，拉起
条幅，低折扣销售过期读物。我挤进围观的人群，像饥肠辘辘的
乞丐面前突然出现一桌大餐，且每一盘菜都是我的最爱。各类刊
物、书籍多到令我眼花缭乱。遗憾的是，我口袋里角票有限，精
挑细选的刊物大多与我无缘。它们爱不爱我我不知道，我是真的
打心底喜欢它们。明眼人都看得出来，营业员看着我的窘况都忍
不住要笑。我恨我不争气的嘴太馋，鸡蛋油条肉丝面花费了我身
上仅有的银两；我埋怨新华书店的营业员为什么不早点来，我愿
意一天不吃饭也要省下买书的钱；我甚至诅咒桃园街书店的营业
员太懒，不敬业，一年到头柜台里就摆那几本书，只会坐在那儿
嗑瓜子！

外界称呼李集为大李集，那时我还不能理解这大字的含义，
一直固执地认为这是对李集与众不同的褒奖。比如，那时李集的
油条是一毛钱一根，其他集镇包括睢宁县城油条都是五分钱一
根；喇叭裤最先由李集人穿出来，李集男人着红衬衫敢为天下

先，引领着装新潮流；电影《红楼梦》《少林寺》在睢宁晋陵电影院和李集影剧院同时上映，其他乡镇的居民只能羡慕。女孩以嫁到李集街为荣，男孩进李集即便入赘也无怨言。进李集比进县城还风光。一时，李集街面上俊男靓女扎堆，成为远近闻名的亮丽风景线。我清楚地记得，与父亲聊天，父亲意味深长地看着我说："李集街的姑娘可不是谁想娶就能娶得到的。"

李集街姑娘是米脂的婆姨，可我不是绥德的汉。父亲的意思再明了不过，有谁瞧得上像我这样家境贫寒的穷小伙呢，更何况相貌平平。庆幸的是，家境的贫穷并没有影响我学业的进步，只遗憾那一年睢宁教育局普通高中划片招生，我与李集中学终究无缘，心仪的爱琴海成了我情窦初开的相思地，这是我涉世之初的痛。

大李集给我以冷漠，幸运女神却待我不薄。高中三年的寒窗苦读最终换来一纸高校通知书。舍友来自五湖四海，听说我来自徐州睢宁，家居安徽阜阳的林姓同学迫不及待地问："睢宁在大李集哪儿？大李集'一步两桥''三山夹一井'景点还在吗？'四大会馆'是否安然如故？旗杆街的旗杆挑什么旗？"天哪！大李集一直是我心中的王道，这些我竟闻所未闻。我才知道世人知大李集却不知睢宁，大李集大在悠久的文化积淀和蜚声远近的声望上！

让一个人余生仍能惦记着的地方，要么慰藉过你的憧憬与向往，要么留下了你的遗憾与惆怅。

亲亲，我的桃园

我乡下老家所在的区域隶属桃园镇管辖。

桃园镇，名字简单、别致、隽永，说有诗意也不算夸张。我还很小的时候，就歪着脑袋瞎琢磨，我们这里原来一定有一片名扬远近的大面积桃园——矮粗的树桩，高大的枝丫，春天，粉红的桃花似彩云、像花海，行人驻足，游人注目；夏季，累累的硕果压弯枝头，香飘千里，无数的商贩云集于此。可惜这只是我一厢情愿的想象，我曾不止一次地求教于我们村最有学问的二大爷，他也总是闪烁其词："大概……应该……是的。"

多方寻觅无果，一个偶然的机会，去县图书馆访友，恰逢图书馆搬迁，一本被遗弃的破旧不堪的《睢宁县志》里竟然解开了我心中的疑惑：相传诸侯混战，刘备驻军小沛，进攻吕布，途经一处桃园（今仔仙村），人困马乏，此地桃树落英缤纷，蜂蝶翻飞，遂传令就地扎营，埋锅造饭，而后刘备于下邳国（今古邳镇）杀得吕布落荒而逃，大获全胜，"桃园"一名由此而来。县志另载，桃园的桃个体圆硕、多汁美味，堪称桃中魁首。当然这个最原始的答案无从考究，单就能与三国沾上边这一点来说，我宁愿相信它是真的，也许是自己的虚荣心在作怪吧。

桃园镇下辖二十多个行政村，这等规模似乎无关紧要，倒是其中自然村命名令人匪夷所思。西湖村，名字闻名天下，只是湖在哪儿？村西一条沟渠绕村而过，村中一片狭长的水塘无芦苇也无莲藕，几只鸭子嬉戏其中；袁海村，连个像样的水塘都没有，也敢与海字"叫板"！更夸张的是，陈集村，自古都没有买卖经营，竟堂而皇之以集命名。鲁迅先生说："倘若一个狮子、老虎吹嘘一下自己壮也就罢了，如果一头猪说自己胖可能不是件好事。"桃园人才不会去想那么多，也不应去想那么多，认为村名起得洋气一点、阔气一点总没有错，这可是关系后人脸面的大事。

桃园镇地处苏皖交界，西与安徽灵璧高楼镇毗邻，东傍睢宁县城，北牵岚山，南携大李集，交通便利通畅，古时就有"两省通衢，桃园为关"之说。桃园与高楼之间本有一条界河，时间久远，界河变成了界沟，估计用不了多久，界沟就会变成界渠，因两省接壤部的两个村鸡犬相闻，村民手端着饭碗，面对面都能聊上几句，自然联姻不在少数，如果不看身份证，单从口音来辨，根本分不清彼此。我同单位的王姓同事也是桃园人，曾有一条经典杜撰：他在界沟的中央位置站着打电话，头偏向左边，手机用的是安徽移动信号；头偏向右边，手机用的是江苏移动信号。段子的功能是幽默，只增一笑，没人追究其是否有科学的理论支撑，只是反映了跨省村落民间来往之便利。

二大爷在老家算得上见多识广，他说有关桃园的传说太久远，不曾记得，"不过，"话锋一转，他的见解有些道理，"桃园地处故黄河下游开阔地带，土质沙化，松软透气，确实适宜瓜果农作物的栽植，单从这一点来推理，大面积桃园的存在合情合理。过去，我们这儿的沙瓤西瓜可是很有名气。"接下去，他给我讲八路军苏鲁豫皖大队在桃园魏洼村抗击日军的一段往事。驻扎在睢宁城里的日军得知八路军第一支队正在魏洼村休整，便与驻扎在双沟的日军前后夹击，企图消灭这支抗日武装。八路军第一支队的官兵占据魏洼村四角四个炮楼的有利地形，边还击边等候援兵。战事极为激烈，从早晨一直持续到正午。久攻不下的日军暂时撤退到村外的西瓜地里。此时，夏日当头，烈日炎炎，日军口渴难忍，见了滚圆的绿皮大西瓜，丢了枪械，只顾去啃西瓜消暑解渴。而桃园名将胡炳南率领的援军第二支队从八义集方向拍马赶到，与魏洼村的第一大队对日军形成一个反包围，一时间西瓜地里子弹横飞，手榴弹爆炸此起彼伏。一番激战，来犯日军全军覆没，94人无一生还。西瓜地硝烟弥漫，一片狼藉，几乎被糟蹋得了个底朝天。庆功会上，桃园人没有忘记给魏洼西瓜记上一功。

我问二大爷，历史上桃园的桃和西瓜名气那么大，现在怎么踪迹全无？二大爷甩了甩手里的桑枝，指了指满屋的桑蚕："都是这玩意儿惹的祸！"

这是我所熟知的。

文学作品中常用穷山恶水形容一个地方自然条件之差，我曾一度抱怨，我的老家桃园甚至连"穷山"都没有，"恶水"也没有，尤其是倡导"绿水青山就是金山银山"的当下，我一直眼馋有山之地、有水之地，做梦都想大力神夸娥氏手臂一挥，一座山从天而降，落地桃园；手掌一划，一条河流绕山而过，桃园从此风光无限。但梦想成不了现实，一觉醒来，桃园依旧。

没有山水的桃园依然是桃园人热恋的故土。

20世纪70年代末，桃园地方政府借外出参观学习的机会，多方论证，大胆地将江浙苏杭的桑蚕一体养殖业引入桃园，先小面积试验可行性，之后大面积推广。自此，苏北人早先只能在电影屏幕上见到的姑娘采桑、养蚕、摘茧的画面在桃园随处可见。更让人惊奇的是，桑枝异地重生，倍显生命力，枝丫更粗壮，叶片更肥厚，颜色更浓绿。苏南养蚕一年春秋两季，而苏北桃园养蚕一年居然可以养春、夏、秋三季！有趣的是桑蚕养殖业的深加工初见成效：桑枝做中药切片，桑果做果汁，桑叶做桑叶茶和桑叶面，蚕茧缫丝、纺织、制衣，这是农学家们无论如何预料不到的。如今桑蚕养殖业已成为桃园镇的支柱产业，桃园镇也因此享有"江苏省桑蚕特色小镇""蚕桑之乡"的美誉。

不但如此，桃园镇还是远近闻名的"结义之乡"。好客的桃园人借"刘关张桃园三结义"的美名扯起"结义之乡"大旗，忠义之气，闻名遐迩。外地的朋友到了苏北，见识了同是苏北的丰沛与桃园两种截然不同的待客之道，深有感触：在丰沛用小碗喝酒，在桃园用小杯喝酒；在丰沛主人快速把客人干倒，在桃园主人慢慢地把客人放倒。即便是在酒桌上，真诚不可少，礼义不能丢，这是对桃园人的最高褒奖。二大爷听了我讲的这个桥段，乐得直捋他的山羊胡子，眼睛眯成了一条线。

最让二大爷放不下的还是桃园地方戏——肘古子。肘古子俗称拉魂腔，学名柳琴戏，起源于清代乾隆年间，距今已有二百余年历史。其语言朴实生动、通俗明快，擅长俚言俗语，直白诙谐，乡土气息浓郁。桃园镇袁海村的袁本权是当地台柱子（名角）。过了农忙便是农闲，袁本权的戏班子准时赶村演出，所到之处，村民追星之风绝不逊于当下。传统剧目《喝面叶》演的次数多了，大家伙儿耳熟能详，锣鼓家伙开场，袁本权扮演的陈士铎从幕后出场，一亮相便引起老少爷们儿喝彩，当他唱完"大路上走来我陈士铎"，观众齐声接唱"赶会我赶了三天多"，演员接唱"想起来董庄唱的那台戏"，观众又接唱"赵子龙大战长坂坡"，现场互动好不热闹！而今袁本权年事已高，家族后继乏人，且很少有年轻人喜欢这"破玩意儿"。二大爷长叹一口气："恐怕用不了多久，肘古子就会和桃园、西瓜一样，找不见喽。"

偶遇新上任的桃园镇镇长，他说：你应该为桃园写一篇文章。我笑：一篇文章能找回桃园的肘古子、桃园的西瓜、桃园的桃园吗？

哦，亲亲，我的桃园。

我家梧桐亦知秋

"梧桐一叶落，天下尽知秋。"梧桐的灵性在于能感知秋风；"凤翱翔于千仞兮，非梧不栖。"梧桐的高贵在于百鸟之王凤凰心怀宇宙，非梧桐不栖。只可惜，被古人如此膜拜的梧桐并非睢宁本土树种。

柳树、榆树、槐树、桑树属本土树种，在农村屡见不鲜，打家具、做房梁首选；果木树也有，但不堪大用，没人瞧得上；意杨，属改良树种，易成活，速成材，一度占据城乡的半壁江山，因杨絮成灾，城乡居民深受其害，政府明令禁止栽种，强行铲除，近几年渐渐淡出人们的视野。倒是梧桐得益于城镇建设快速发展的契机，与香樟、银杏、水杉一道，成了公园、街道、小区乃至交通主干道绿化的新宠。

从乡下偏僻一隅到集镇中学读高中，人生第一次我走出家门去看外面的世界，像刘姥姥初进大观园，一切都是新鲜的：整齐的校舍、明亮的教室、宽敞的路面，尤其路两侧粗壮的梧桐树，令我注目。那是我第一次见梧桐。它枝干短粗，叶片肥硕，平展的偏枝极力向四周延伸，如巨人伸开手臂要轻抚过往的行人。

梧桐树干颜色灰白，表皮平滑。后勤的花匠隔三岔五会去梧桐树下捡拾树干褪落的表皮，将其晾干，点燃，青烟袅袅，散发出一种莫名的芳香，有驱杀蚊虫之功效。

深秋似乎是梧桐的劲敌，只需与梧桐打一个照面，梧桐便丢盔弃甲，婆娑的树叶飘落殆尽，笔挺的枝丫裸露。古人说梧桐知秋，然也。偏后勤的花匠"雪上加霜"，脚踏竹梯，手持斧锯，给梧桐"剃了个平头"。偌大的树冠被去除干净，仅剩拇指粗细的几根枝条突兀地伸着，酷似张乐平先生笔下三毛的造型。

周末回家，我带回一根刚从梧桐树上剪下来的枝条，给父母看，父母听我讲有关梧桐的见闻，直摇头，他们先是半信半疑，而后不以为然，随手弃之于墙角。

梧桐在遗弃中静默。不久，父亲给菜园筑篱笆，寻找木料时发现梧桐枝条上竟有芽孢萌发，新芽饱满鲜润，被一层浅黄色的绒毛包裹，父亲略一思忖，选址大门前的路边，小心翼翼地挖穴、植入、填土、浇水，期待一个"可以剃平头"的新树种的诞生。

寒雪梅中尽，春风柳上归。沉默了整整一个冬季的梧桐枝条给春天一个结结实实的拥抱，春天还梧桐一抹翠绿的枝头。梧桐终究在我家门前扎下了根，不出两年，根深叶茂，树干已有碗口粗细。父亲没有给它"剃平头"，怕树冠以后太大，覆盖了农家赖以生存的菜园，殃及蔬菜瓜果的收成。

我的老家有一个流传甚广的土方，但凡有人腿脚跌打崴伤、肿胀、疼痛难忍，取几种常见树木带叶枝条，煮"杂树头"水，用来泡、洗，有奇效。过去，农村比不上城里那般马路宽阔，街道通明，而是门前坑坑洼洼，田里沟沟坎坎，跌打误碰是常有的事，光顾我家梧桐树的人自然就少不了，左邻右舍、邻里乡亲，说着就来，笑着就走，渐渐全村没有人不知道我家门口有棵梧桐树。

我本姓家族的二大爷幼时读过私塾，颇有古诗文功底，是村里有名的老学究。炎热的夏季，他在梧桐树下乘凉，手指梧桐树，问身边的人："知道这梧桐树什么来历吗？"众人摇头。"梧桐树古称吉祥树。"众人一头雾水，不解。二大爷接着说："古书上说，梧桐能招金凤凰！这凤凰乃百鸟之王，只在梧桐树上停留、歇息，梧桐树是一般的树吗？""那自然！"众人恍然大悟似的附和。二大爷兴致不减："古代一般人家不能栽种梧桐树，只有名门望族才行。"

我这才知道民间解读古诗文远比课堂更通俗、直观、生动。

村邻确认梧桐不一般，还有一个原因。我家梧桐与城里梧桐显著不同！秋风劲吹，城里梧桐落英缤纷，我家的梧桐依旧枝繁叶茂，葱翠如盖，在光秃秃的榆、槐、桑、杨等本地树种面前显得鹤立鸡群，引人注目。莫非我家梧桐不知秋？

我试图向我的生物老师请教，可陈老师却也纳闷："怎么可能？即便树种变异，也不该如此！"

同学聚会时，巧遇江苏林大的高才生全治，再次寻因也未果。

祖屋翻建，扩大庭院规模，一搂抱粗的梧桐在家人的不舍中轰然倒下。只是我家梧桐不知秋的谜团依旧。

早就听闻新沂马陵山景区风光奇特，周末一日游，我便驱车直往。导游讲解三仙湖的奇观：即便外面大雪纷飞，这里却是温暖异常，无一片雪花落下。究其原因，不外乎这两条：其一，此处地势较低，暖气流上升，山风从山头吹过，经此处被上升的气流抬升，直接从对面山头吹过，这里便形成一个落雪的禁区；其二，此处地下有地热，散发的热气流足以融化飘洒的雪花，在空中形成蒙蒙细雨。刹那间，我脑中灵光一现，困扰我多年的我家梧桐不知秋之谜有了答案！

我家厨房距离梧桐树很近，厨房下水道就从梧桐树下穿过，昔日家中养猪马牛羊，秋冬日热水不断，又有一部分炊烟沿烟囱直上，一部分进入下水道，造成热量不断，梧桐树才有不知秋的奇观。大棚种植反季节蔬菜也是源于此理。

　　绿叶纵有恋枝意，何处梧桐不识秋。

家乡戏

家乡戏学名柳琴戏，又称泗州戏、拉魂腔，因其唱腔优美动听，唱词通俗易懂，颇受家乡人的喜爱。男婚、女嫁、升学、庆寿，谁家有了可喜可贺之事，都要请来戏班子唱一场，全村人都乐呵乐呵，久而久之，男女老少闲暇之余谁都能哼上几句。

小的时候，每年一入冬，大人们便无事可做。那时的人纯朴、厚实，当然主要还是贫穷，农闲时赌博、偷盗等都很少见，打工更是不允许的，否则便会落得"投机倒把、挖社会主义墙脚"等罪名。本来也是不能随随便便唱戏的，但是可以借"社会主义宣传队"之名唱戏，当然不能有报酬。村里有好事者跑断腿找亲戚、拉关系，请来"社会主义宣传队"，尽管每次唱的都是老剧目，老老少少仍是看得津津有味。演员刚唱完上句，观众齐声接住下句的现象时有发生。我清楚地记得，桃园袁海村的戏班子远近有名，一次在我家门前场地上演出传统名剧《喝面叶》，锣鼓家伙一开场，台柱子（现在叫腕儿）袁本权扮演的陈士铎从幕后一走出来便引起喝彩，他唱完"大路上走来我陈士铎"，观众齐声接唱"赶会我赶了三天多"，演员接唱"想起来董庄唱的那台戏"，观众又接唱"赵子龙大战长坂坡"，现场好一片热闹！为表达谢意，热心者通常拎条布袋，到每家集一小碗粮食送给戏班作为报答，台柱子也会跟着对每家抱拳答谢。

家乡戏剧目多取自流传较广的历史故事、民间传说，不过，反映现实家长里短、伦理道德的也不在少数，最终目的是一致的：主张惩恶扬善，批判背信弃义，宣传勤劳节俭，摒弃好逸恶劳。在文化匮乏的时代，家乡戏这种人们喜闻乐见的艺术形式，丰富着人们的精神世界！人们愿意为《泪洒相思地》掬一把同情泪，情愿为《打干棒》咬碎白牙；《状元媒》让人懂得知恩图报，《三娘教子》让人们知道言传身教的重要性。

看戏有门道。小孩子图的是热闹，中年人看的是装扮，老年人看的是感慨，青年人则是不看戏看人。这人有时指的是演员，但多半指的是"观众"，无论小伙子还是姑娘家眼睛和心思全然不在戏上，显然醉翁之意不在酒，关系不一般的会挤在一起，不时地会把手握在一起，旋即又自动分开；关系暧昧者则会有一定距离地站着，通常不自觉地会四目相对；一方有意者只好目不转睛，尽情享受这难得的机会了。这种特殊年代的特殊情爱表达，在今天的年轻人看来绝对是难以想象的。

　　五年级时，我曾请教过我的语文老师，为什么家乡戏又叫拉魂腔？陈老师说，那是因为演员一张口发腔，观众的魂儿就被拉走了。这种解释有没有权威性，我不知道，但以此诠释家乡人对家乡戏的痴迷是毫不夸张的，我坚信。

风轻水韵家乡事

老家位于苏北的平原地带，无山树也绿，无江水也清，古容古貌谈不上，然独具特色的婚喜事民俗就像丰盛大餐上的精致小菜，令人耳目一新，倒也有几分趣味。

小子娶亲自然是农家的头等大事。现在崇尚自由恋爱，过去则不然，需要家长先放出风声去，好让媒人前来牵线。（一般都是非专业的好事者、好心人，据说撮合一桩姻缘可为祖上积一份阴德。）媒人多是能说会道者，门当户对当首虑，当然也有例外：小子家穷长相好，丫头家庭富有长相差；小子家庭富有长相差，丫头家穷相貌好。最后婚配也不乏例外，关键是媒人的作用。媒人的提亲对象多半是对男女双方都熟，婆家的侄子、娘家的外甥女；娘家的兄弟、婆家的表姊妹，这些都在她的关注之列。二十世纪七八十年代，农村大多家庭像样的彩礼是拿不出的，媒人经常出入双方家庭，双方家人彼此也都知根知底，当然也都是给媒人面子，心照不宣，形式而已。如果有人看到小子中秋节所送的下节礼中有漂亮的小公鸡，那即是说年前或年后新媳妇就要过门了。

谁家小子娶亲都要大贺三天。

满村的人第一天都来帮忙，男的砌灶置菜备宴，女的打扫卫生布置新房，老人则在把关，这点不合适那点不像话，年轻人高兴得个个像是自己结婚，不听老人的话，老人也不气不恼，每每这个时候总是诙谐地笑骂两句了事。这在平时可是不多见的。最能体现喜事气氛的还是为新郎准备被褥的小子的嫂嫂们（不只有亲的，还有远房的），边整理被褥边讲她们自身的结婚经历，更夹杂些"荤素搭配"的趣事，妯娌几个笑得只顾用新被子擦眼泪，那边忙里忙外的男人们也都边干活边用牙咬着下嘴唇，很有深意地笑看着那堆娘几个中的自己媳妇。

第二天是新媳妇进门，古有正日子之称。唢呐班子吹吹打打，贺喜的人络绎不绝，里里外外欢天喜地自然不必细说，单是晚间闹洞房，可就别有趣味。新婚头三天不分大小，由来已久。先给小子的家人整装：头上戴纸糊的高帽子，脸上涂抹油锅底面的黑锅灰，再将他们撵到亲朋好友间，博取众人欢笑。接下来的是闹新人：闹洞房时，平辈的、晚辈的、亲戚朋友、同学同事纷纷拥入新房，喜笑逗乐，尤其是新郎的朋友，极尽所能，想出种种方式，让新娘当众表演，以逗乐取笑，除了爹妈谁都能闹。这期间，人们之间随随便便的关系是礼俗所允许的，很多禁忌都被解除了，颇似西方文化中的狂欢节。因此，无论如何嬉闹，只要不特别过分，新娘是万万不能反目生气的。如若气走了闹洞房的人，将被视为是新娘太任性，人缘不好，日后的光景就不会好过，甚至会让村人品头论足一辈子。皆大欢喜之后，闹房在一位长辈的笑骂中暂告一段落。连续里外忙活了几天的一对新人关门落户，加上刚才的一番折腾，此时疲惫至极，上床就寝。然二人交流多以目传情，即便男欢女爱，鱼水之欢，也应悄然无声，否则，"听窗"者会将新人新婚夜的对话演绎为村人茶余饭后的谈资。

第三天"三天瞧""双回门"之后，生活真正掀开了新的一页。

如今，现代化的婚庆方式固然令人欣喜，但家乡传统的婚礼习俗更令人回味无穷。

睢宁豆腐

在当地人的日常食品中，睢宁豆腐是能被平民广泛接受且又享誉远近的美味食品。小到百姓餐桌，大到星级酒店，但凡到过睢宁的人，无不被那白嫩、清爽的睢宁豆腐诱惑着、感动着。

豆腐是以黄豆、青豆或黑豆为原料，经浸泡、磨浆、过滤、煮浆、加卤、凝固、定型等工序加工而成。明李时珍在《本草纲目·谷部·豆腐》中记载："豆腐之法，始于汉淮南王刘安。"刘安一生追求长生不老，最终长生不老药没有炼成，却歪打正着，无意中发明了豆腐，也算为丰富老百姓的餐桌做出了贡献。至于淮南王是否为睢宁豆腐的祖师爷，无从考究，自然也就不得而知。

嫩软滑的丰富口感，纯白亮丽的视觉享受，纯天然无污染的品质要求，最适宜人体需要的高含量植物蛋白，更兼低廉的价格，成就了睢宁豆腐在百姓餐桌上最受欢迎食品排行榜榜首的位置。豆腐在中国各地均不少见，但出睢宁豆腐之右者少之又少，根本原因在其制作工艺上：原料要用本地产颗粒圆润、黑脐分明的精选大豆；原料浸泡的时间要恰到好处；磨浆须用睢宁小石磨；卤必石膏；蒲包定型！这最后一道工序——蒲包定型中的蒲包尤其关键，蒲包系濉河边的蒲草编织而成，蒲草带有自然的芳香，晾干水分，净水浸泡，芳香历久弥新，用蒲包定型后的睢宁豆腐少了豆腥味，多了蒲草的清新味。据说睢宁汤刘的豆腐乃睢宁豆腐之上品。

豆腐的烹饪方法多得很，炒、煎、炸、煮、涮，无所不能。随着人们生活的日益改善，生活水平的逐步提高，人们不再只满足于解决温饱，更要口感丰富，于是豆腐干、臭豆腐、豆花、腐竹等丰富多样的豆制品纷纷出现在人们的餐桌上。

睢河南路有一家饭店的"豆腐宴"声名在外，所经营的菜品原材料都是豆腐制品。这家大厨推陈出新，竟能素菜荤做，将豆腐做成"红烧肉"，闻所未闻。

可笑的是，现在社会上豆腐竟成了一种低俗的隐喻！茅盾在长篇小说《子夜》里说："你不要慌，我同女人是规规矩矩的，不揩油，不吃豆腐。"清人《黄莺儿》曰："爱你素中珍，紫棠容，白玉身。温柔细腻端方正。馨香可人，闻味动心。清茶美酒常相敬，但只恨，相逢布袋包住了卿卿。"这里把调戏和轻薄女人、占女人便宜叫作"吃豆腐"，"吃豆腐"便成了男人占女人便宜的代名词。

　　好在睢宁豆腐已深得睢宁人心，睢宁人容不得他人对睢宁豆腐的半点亵渎，南来北往的客商切记：莫在睢宁的餐桌上开他人"吃豆腐"的玩笑，否则不欢而散事小，影响到生意往来，可就因小失大了。

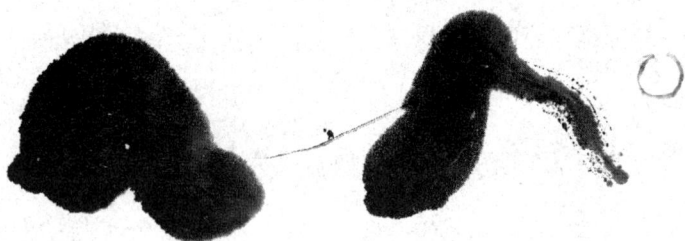

知了猴记趣

老家一个亲戚打电话说要来睢宁看我，顺便给我带些知了猴"尝尝鲜"。我身后的丫丫听了不解，耐不住好奇，忙问："知了猴是什么东西？"是啊，现在这样小的城里娃娃，哪里见过那种又奇又怪的丑家伙！

亲戚说来并没有来，可能是家里农活紧，一时抽不得闲吧。丫丫不乐意了，"大大怎么还不来呀？骗人吧？"没有办法，我只好带她去红叶路工商银行边的小摊上瞧瞧。一元两只，看着丫丫好奇、惊异的表情，我买了些回来。

小时候，知了猴到处都是，晚上一会儿工夫随随便便就能逮几十个。

天刚见黑，地面上、草丛中、墙脚、篱笆边、树干上，但凡人之所至都能见得到它，尤其是雨后的傍晚，土壤稀软，知了猴前爪扒土越发犀利，人走在路上，低下头，只要见到路面有薄皮小孔，用手指轻轻一抠，知了猴十有八九在里面待着呢，见到蜗居里有手指，便以为有神相助，沿着手指攀爬出地面，就这样一只知了猴收入囊中。当然也有急性子人，等不到雨天、天黑，便用铁锹铲路面的表层，深入地下捉知了猴，这种方法毫无技巧可言，而且破坏路面，往往被人视为小儿科，不屑一顾。

再一种方法就是"缘木求鱼"，捉知了猴在半道上。为了躲避天敌，知了猴天生都会沿附着物爬到安全的高空去蜕变。根据这个规律，人们往往在天黑之后，到树干上去摸知了猴。那时候手电筒可是奢侈品，只有很少家庭具备，多数人家在没有月光的时候只能去摸，就是到现在，老家人没有说"逮知了猴、捉知了猴"，而只有"摸知了猴"的说法。这种捉法，一般适用于男人和胆子大一点的女人，既然是摸，那碰到癞猴（蟾蜍）、蛇甚至老鼠是常有的事。知了猴是很多，也不是谁都可以满载而归，因为有的人借摸知了猴之名约会去了，第二天本村邻里聊天时，总有人会说自己"太笨，摸不着"，那人头天多半是约会去了，有意无意地让你羡慕呢。

还有一种方法：捉蝉。知了猴蜕变成蝉的过程极为艰难，壳褪下后幼蝉肢体嫩弱，毫无抵抗能力，自然是被捉的最佳时机。此时，拿细竹竿轻轻一碰，幼蝉便由高处落下，早起的勤快人往往收获颇丰，比起晚上摸效果自然是明显好了很多。

知了猴的吃法现在是多了去了，煎、炸、烧、烤、涮无所不能，可印象中孩提时候的吃法极为简单：将捉来的知了猴爪子掐去，清水洗净，以盐腌制，小火煎之，吃在嘴里，香脆可口，嚼劲十足，回味着实悠长。

从公司回家，车子停稳，不见丫丫来迎我，不解，这种情况少见，疑惑中推开院门，丫丫正呆坐在小椅子上。原来奶奶要把知了猴炸了做菜，丫丫不乐意："那好可爱哦，不能吃！"还没有等到我坐下来，丫丫的目标从奶奶身上转移到我身上来了。

"知了猴不是猴子怎么叫知了猴啊？"

"我用葡萄、饼干、肉喂知了猴，它怎么什么都不吃？"

"知了猴有爸爸妈妈吗？"

"知了猴到底知道些什么呢？"

说话中一只知了猴爬到我面前，我随手捏起边端详边思量：三年的地下生活，换来片刻的地上光明，还没有看清周围的世界，就成了人类的盘中餐。

比起知了猴的命运，我们实在没有理由抱怨世态不公、埋怨苍天不正，人活一世，知足就好。

儿时的春节

儿时的春节是响炮在老榆树树梢顶端响彻四方的炸响。

旧时的鞭炮就两种，一种是单个响炮，露出的芯儿只有一厘米长度，放的时候很刺激：双膝半蹲，左手持火种，右手倒捏响炮尾部，凑近火种，待"刺啦"声起，有轻烟冒出，右手臂高扬，全身顺势而立，响炮便会送入高空，在门前老榆树树梢的顶端炸开，清脆的声响常招来围观。此举胆小之人玩不得，享受不了其中乐趣。另一种是挂鞭，鞭炮芯芯相连，宛若女人的长辫，放的时候只需用火种点燃最下边的引芯即可，爆炸的声响噼里啪啦连成一片，非殷实人家不能购得。

进入腊月，鞭炮销售商找到村里队长，在队长带领下，挨家挨户销售鞭炮。鞭炮是家家户户过年的必购物品（当年家有丧事除外），早晚都要买的；也有本不想买，但看队长的薄面才买的。

家里买了响鞭，我放炮的瘾被勾了出来，偏父亲是仔细之人，会把整盘的响鞭放在我够不着的窗户边晒太阳，为的是放炮时响鞭声响更加脆生。夕阳落山，那是我最幸福的时分。父亲从窗户沿取下整盘响炮，从中抽出三支，走出大门，给我两支，点上一根香烟，他用标准的燃放响炮姿势自己燃放一支，待清脆的响声在树梢顶上炸开，便笑眯眯地看着我放。

父亲说，春节期间鞭炮不能随便燃放，但每次燃放三支是固定的。蒸馒头时，馒头上屉要放；馒头出锅要放，除夕、初一、初二、初三每天要放四次，分别是晨起、早饭、中饭、晚饭。我怀疑父亲说的这些规矩就是控制我燃放鞭炮的借口。我问父亲如果我少放一次可以补放一次吗？父亲说不可以；我又问我燃放的三支中有一个瞎炮怎么办？父亲说瞎炮就瞎了；我继续问春节没过完，鞭炮放没了可以再买吗？父亲笑说不可以。多年之后，我做了父亲，再次请教他老人家旧时放鞭炮的那些规矩，父亲哈哈大笑："不控制？再多的鞭炮也不够你放的。"

杀年猪是儿时春节这出激情大戏的开场。

那个年代，普通老百姓家是杀不起猪的，每家每户养猪是政治任务，秋末冬初要赶到镇上生猪收购站去卖，家里柴米油盐、衣帽鞋袜和人情往来都指着它呢。生产队的猪由专职饲养员饲养，不在其列，队长有绝对的生杀大权，村民一年到头能否吃上那年猪肉，取决于队长的运筹帷幄，所以一个队长的权威也源于此。

腊月二十三小年刚过，村上的人便磨刀霍霍，垒灶架锅，单等队长一声令下：杀猪！生产队集体杀猪意义非凡，男女老少齐来围观。猪被捉了，四蹄扎紧，四肢朝上平躺在平板车上，哼哼哀叫，被送至宰杀架上。屠户脱去棉袄，袖管高挽，一手攥住猪耳朵，一手拿匕首从猪脖颈下斜插心脏，稳、准、狠。瞬间，鲜红的血沫从刀口喷出，围观者一阵惊叫，胆小的人手捂双眼，不敢直视。

分肉这一环节最能体现队长的智慧和心胸，最能体现村民的善良和豁达。家有新近订婚、结婚的会分得最好的肉段，这样的肉送亲家拎出来有面子；饲养员分得二等肉段，大家分的猪肉离不开饲养员一年的辛苦付出；其余的肉称为一般肉，村民按会计手中的名单顺次领取，猪头归队长，猪下水平均分给参加杀猪的村民，猪大骨、猪尾巴归屠户，排骨用来做中午的杀猪菜。猪血用来补贴家庭人口多的困难户。

自此全村人都享受到了大集体的红利，腊猪肉成就了春节标志性的味道。

家人祝福是儿时春节最暖心的记忆。

压岁钱是春节期间长辈给晚辈准备的钱币，压岁钱的"岁"与"祟"谐音，得到了压岁钱就有得到了长辈的祝福的寓意，能够在新的一年里平平安安。

儿时农村虽然贫穷，可拜年压岁的习俗从来都没落伍过，只是压岁钱的数额没有现在的那么大。小时候的币制是十八块八毛八：硬币一分、二分、五分；毛票一角、二角、五角；块票一块、二块、五块、十块。人民币最大面值十块，正面印有各族人民大团结的图案，俗称大团结，现在五十元纸币称蓝板，百元面钞称红板，其中缘由也应源于此。

记忆中，父母给我的压岁钱少时是贰元块票，多时是伍元块票，其实压岁钱也就是在我身上转一圈，时间不会超出一天，便又交到父母的手中。大人挣钱不容易，钱在他们手上会有更多的用途，小孩乱花钱是败家，这可是父母从小灌输给我的金钱价值观。

我父亲一个远在安徽宿州的朱姓朋友，他家那儿有年后喝春酒的习惯，每年正月必来我家串门，算是常客。这位朱叔做银圆古董生意，在我印象中属阔人。我给他磕头拜年，他给我的压岁钱少则一张大团结，多则两张不等，小伙伴们都看傻了眼，与我同龄的兔子（队长公子的小名）羡慕得直咂嘴：乖乖！要是我，跪在地上，就不起来，一直磕，把他兜里那一大卷大团结全磕完！毕竟我不是兔子，压岁钱在我手里还没有捂热，就被母亲收了去，理由是担心我玩野弄丢了。待看热闹的人散尽，母亲会把压岁钱如数还给朱叔，并说意思到就行了，小孩家拿那么多钱也没处花去。朱叔推辞不收，父母亲便给我讲不拿压岁钱的道理，别人给的钱，不能随便拿，自己挣钱花得才踏实；接了人家的压岁钱，咱们家可还不起怎大的人情，这叫人情世故。

　　我给我的孩子也讲"人情世故"，他们竟频频点头，果真懂得其中道理，倒也不失为本文之意。

北大河纪事

我自幼生长在苏北的农村，村前宽阔的马路、村里茂盛的梨园、村后流水潺潺的大水沟，都曾是我童年嬉戏的乐园。人们通常用"穷山恶水"一词来描述一个地方自然条件恶劣，可我的家乡既没有穷山，也没有恶水！有意思的是，贫穷和落后并没有束缚住乡亲们的视野与想象，村后东西走向的大水沟，被乡亲们美其名曰"北大河"。

我不禁惊叹于乡亲们那丰富的想象力。顾名思义，"北大河"，"北"指的是方位，"大"指的是规模，"河"明确了主体，简明扼要，言简意赅。这很容易让人想起名扬天下的"北戴河"，一字之差，差的是名声，不差的是它在乡亲们心中的地位。北戴河有皇家园林的威严气势，北大河有浓厚的乡土气息，二者相提并论，本就无可厚非。

北大河是跃进河的一个分支，虽说只是一条沟渠，在靠天吃饭的农村，其作用却非同小可。干旱时节，取北大河的水救急解困，庄稼才不至于干枯绝收；涝季来临，水漫四溢，禾田里的水沿畦沟排入北大河，流进浩浩荡荡的跃进河，确保庄稼能有收成。为防止北大河流沙与淤泥堵塞河道，智慧的乡亲们总会在每年冬季水枯时节，男女老少齐上阵，敲冰清淤，拓深河道，加固堤坝，植树护坡，寄予厚望，期望北大河像保姆般施恩授惠，庇护世世代代在此繁衍生息的父老乡亲。

北大河东西走向，河面宽约三十米，南北两岸均植洋槐树，茂密参天。

春天，一串串纯白色的槐花像是堆积在洋槐树的顶端，它特有的香甜气息随风飘散，几里路外都能闻到。乡亲们手持带金属钩子的长杆，用钩子勾住长有槐花的嫩枝，轻轻转动长杆，"啪"的一声脆响，槐花就稳稳地落入小朋友的怀中，用不了多久，就可以装满一大筐。槐花可以炒着吃，也可以蒸着吃，一时吃不完的槐花，经高温蒸煮，放在阳光下暴晒晾干，用塑料袋密封收藏，放上一年也不会坏。干槐花鸡蛋汤是地方名菜，与炒山芋粉一起名扬四方。

夏季雨水频繁，池塘里的水满得溢出来，河水暴涨，这会儿是捉鱼的最佳时机。父亲一手抄起自制的圆网，一手提一只水桶，在水流入北大河的必经之地，设堰下网堵鱼。父亲裤腿高卷，赤脚站在水中，将圆网立于水中，两边用泥块堵得严严实实，不留一点缝隙。从池塘里逃窜出来的鱼，沿着流速极快的雨水乖乖地进入父亲的圆网，小半天的工夫，父亲便能收获多半桶鱼。父亲不会一直占据这个位置，他会主动退出，以便让其他乡亲也能吃上鱼。他常说，北大河是大家的，北大河的益处，理应人人有份儿。

烈日当空，河岸上的洋槐树在地面投下浓密的阴影，在田间劳作的庄稼人便有了休息的好去处。抽一袋旱烟，饮一口自带的凉茶，吹着凉飕飕的风，哼上一段柳琴戏小曲，那份清凉和安逸，简直赛过办公楼里的空调房。电影《天仙配》中槐荫树为七仙女与董永做媒的桥段，让青年男女坚信槐树的树荫下是恋爱的福地。所以，稍偏僻一点的树荫地，成了青年男女的专属空间。他们在这里谈情说爱，倾诉衷肠，即便有出格的举止，也无人打搅，私密而又神圣。

北大河清澈见底的河水可以直接饮用，这在动辄把环保挂在嘴边的今天来说，无疑是个极致的讽刺。得益于北大河的恩赐，孩子们的游泳技术进步飞快，他们要在水面上比一比谁游得最远，赛一赛谁一猛子扎得最深。也有女娃娃不甘示弱，要和男孩子一较高下，桃儿就是其中的佼佼者。大姑娘们只有羡慕的份儿，她们可不敢在光天化日之下，将白嫩的肌肤轻易示人。不过，要是和心上人在一个隐秘的河段学游泳，那就另当别论了，堃堃姐跟邻村的小哥哥学游泳就曾被小伙伴们撞见过。

秋季的北大河最具诗意，芦苇褪去绿色的外衣，河套被金黄覆盖，这里是野鸭最理想的藏身之所。太阳西斜，河坡上茅草的叶片随风舞动，芦苇的叶片在秋风中簌簌作响，芦苇的花穗频频颔首。偶有响动，警觉的成群野鸭扑棱棱从芦苇丛中飞起，迎着灿灿晚霞，飞到不远处的另一片芦苇丛里隐身。北大河两岸的洋槐树叶片落尽，光秃秃的枝干像极了美术家笔下的雕塑，平时难得一见的鸟巢暴露无遗，喜鹊、乌鸦聒噪喧嚣，俨然成了林子的主人。

北大河的冬季是静穆的。白色的太阳光毫无温度地照在北大河岸上，冷峭的风在林间呼啸，河面结了冰。孩子们不敢到这远离人烟的地方玩耍，吴姓家的孩子就有过教训，滑冰时掉进冰窟窿，多亏一个赶集的老汉路过，才救了他。河套里冷清得很，也萧条得很，只有"打干棒"的时候才能热闹一阵子。昔日的农村烧水煮饭用的是柴灶，干枯的槐枝是上等的燃柴，槐枝在灶下燃烧时，火苗红中带蓝，蒸饭用时短，炒菜火力旺。冬日，寒风在林间呼啸，人们将头缩进脖颈，此时正是"打干棒"的好时候。再健壮的槐树也会有枯枝，在树下，瞄准枯枝的基部，抡起一截木棒槌，直击瞄准点，只要听到"啪"的一声脆响，枯枝便会应声落下。当然，这是个技术活，力度、准度要拿捏得恰到好处，更重要的还有安全问题。枯枝粗大一点，要是用力过猛，木棒槌可能会原路返回伤着自己。小时候，在一群小伙伴中，我的"打干棒"技术有口皆碑，我家院墙外高高的槐枝柴垛便是见证。

这是很多年前的北大河。

今天的北大河已是今非昔比。如果说过去的北大河是一个娇羞的新娘，那今天的北大河更像一个年迈的老妪。河水干涸，河床裸露，杂草借助河底淤泥的营养疯长，河坡被爱占小便宜的人家开辟种上了麦子和油菜。原先河堰上槐树成林，现在不光槐树不见了，就连风光无限的河堰也早已被目光短视的村民夷为平地，这哪里还有一丁点北大河的影子？

"河长制"已实施多年，中央要求地方各级党政主要负责人担任"河长"，负责组织领导相应河、湖的管理和保护工作。河长制的主要任务包括水资源保护、水域岸线管理、水污染防治、水环境治理和水生态修复等。只盼这面目全非的北大河恢复昔日容光的那一天早点到来。

哦，我那魂牵梦绕的北大河。

日常篇

新房客

办公室抽屉里的苹果上多了几道小家伙的啮痕，我就知道办公室来了新房客。

小老鼠应该很小，不会比我的拇指大多少，因为它留在苹果上的啮痕细、浅、短，且间距还小，它甚至撕咬不开德芙巧克力的外包装袋。

我猜想，它进入我的办公室只是路过。可能它的父辈们早就不止一次告诉它，到一个空旷的办公室里去找吃的，那是异想天开。就像老师总会不厌其烦地要求他的学生，课堂上不要玩手机、打瞌睡；课下不要抽烟，不要谈恋爱，学生难免不听话还要去做。小老鼠心里也有逆反的时候，索性任性一回，我的行为我做主，便顺着落水管道，从天花板的缝隙悄然入室。

灵敏的嗅觉是小老鼠的第一利器，青苹果散发的清香在空中飘荡，首先被其嗅到。神经元触电般瞬间兴奋，顾不得可能存在的机关与陷阱，它甚至不用紧缩腰身便灵巧地潜入我办公桌的抽屉，一头扑在青苹果上。我想象得到，小老鼠面部笑容狡黠，松弛的肌肉稍一收缩，那刚刚露出牙龈的两颗门牙猛地扎向苹果，茉莉花瓣大小的耳朵竖起，新生的茸毛抖动，透过粉红的皮肤似乎清晰可见四肢骨骼和脉络，它想一口啃下一块苹果，让清脆酸甜的汁液充斥口腔，将青苹果瞬间啃成iPhone的经典商标形状。遗憾的是，我的青苹果上仅仅多了三道啃痕。

是我的青苹果表皮太硬了吧。我的青苹果从超市购得，超市货柜上的苹果是果农上蜡处理过的，一为增色，二为保湿。小老鼠自然不知道吃苹果之前有一道热水去蜡的程序，用刚从牙龈里冒出的龅牙去啃青苹果无异于用铁钉划钢板，能留下几道浅痕已属不易。

是小老鼠啃食方法不得要领吧。大王命我去巡山，小妖初次下山，竟遇大唐长老！若梦幻里的传说。在这人迹罕至的睢宁开发区，在这没有人间烟火气的睢宁中专学校新校区，小老鼠初次觅食，得苹果一枚！其激动心情可想而知，前后爪在苹果上乱抓，如同蟋蟀趴在西瓜上，奈何心有余而力不足，终是抱憾而归。

天可怜见，小老鼠心有不甘，一步一回头地离开了我的青苹果，离开了我的办公桌抽屉，离开了我的办公室。

中午下班前，我将青苹果去皮切丁，将德芙巧克力弄成碎末，下垫洁面巾，仍旧放置在原先的抽屉里。我轻易不敢换地方，心想小老鼠找不到怎么办？找到了进不去怎么办？吃饱了逃不出来怎么办？我可不愿意让小老鼠认为这儿是陷阱，我不是它的猎人，我要确保小家伙兴高采烈地来、心满意足地回。

和我想象的如出一辙，因为惧怕光亮，午休时间小老鼠不敢来。我刻意将抽屉留下一条缝，将躺椅后撤一米的距离，假装午寐，为的是能近距离一睹不速之客的芳容。我知道它就暗中躲在天花板某个隐蔽的角落，一边贪婪地嗅着诱饵的芳香，一边坚强地与自己的欲望斗智斗勇，做拉锯战。

下班时，我规整办公桌，清洁地面，闭门落锁，静待新房客的光临。

第二天早上上班，我急不可待地开锁推门，一个箭步冲进办公室，轻轻拉开抽屉的缝隙。哈哈！小家伙如约而至，果然没有让我失望。抽屉里有些狼藉，苹果丁少得不多，德芙巧克力碎末摊开了一小块面积，面巾纸的边上多了一片尿渍。我哑然失笑：小家伙实在太小了，吃不了几口，尿就收不住了。

人和动物和睦共生。你淘气，我不生气；你顽皮，我开心。

诗书相伴醉流年

父母识不得几个字，小时候母亲的针线筐里那本用来夹鞋样的发黄的《红旗》杂志便是我家唯一的一本书。我时常羡慕生产队队长，厚厚的《毛泽东选集》《斯大林选集》成排成摞地码在家中柜子里，尽管他也不识字，书籍上永远落满灰尘，但在我看来，那是知识和文化的象征，家庭富有的标志，每每吸引我的视线，诱惑我的灵魂。所以自小我特珍惜课本，一学期下来，其他小朋友的课本丢了封面、卷了角页，我的课本却完好如初。像老队长那样，我将薄薄的课本整齐地码放在家里显眼的地方。小学毕业时，我的课本积攒了很厚一摞呢。很遗憾，没有人羡慕我的作为或夸赞我的学识。

初中一年级学了《挺进报》，此文节选自长篇小说《红岩》，夏兰荣老师要求我们课后找来原著阅读，从同学那里我第一次接触到了纯文学小说，在灯火如豆的小煤油灯下，《红岩》成了我人生第一部完整阅读的文学作品。得益于夏兰荣老师的鼓励和帮助，在以后的日子里，我还相继阅读了《林海雪原》《水浒传》《伊索寓言》。时至今日，那埋头苦读的场景，我还记忆犹新。到了初三，刘保太老师教我们语文，极力反对学生看大部头小说，说那是不务正业，但私底下我也常偷偷看，就是感觉不过瘾。

高中时期只看了《红楼梦》《三国演义》，真正看得多的还是在大学里，阅读资源丰富，时间充裕得没边。通过《唯物启示录》，我认识了张贤亮；通过《人生》，我认识了路遥；通过《美食家》，我认识了陆文夫；通过《雪落黄河静无声》，我认识了从维熙……一大批知名作家的作品集先后停留在我的枕边，然后又悄悄地回到学校图书馆的书架上。我尝试通过《美学概论》去接触朱光潜，我试图通过俞平伯去深层次理解《红楼梦》，我甚至带着挑剔的眼光去审视鲁迅，有时半夜躺在床上回想起当年的年轻气盛与自不量力，禁不住哑然失笑，问自己一句：谁给你的勇气？

工作之后，踏入社会，面对工作和社会的双重压力，免不了沾惹烟熏火燎之气，好在依然有书籍相伴左右，占据生活的一定空间。渐渐地，读书成为一种习惯，一天不翻几页书，如同山东人吃煎饼没卷大葱，生活便没了味道。相比其他行业，我对传道授业挺知足，因为有寒暑假可自由支配，心里还是蛮期待的。

假期中，最享受的事情莫过于读书，当然读书要有仪式感才好：洗浴、净面、刷牙，穿上宽大的内衣，茶几上放一杯茶，把自己埋在沙发里。打开书，阳光透过明亮的玻璃窗照进室内，茶几反射的光斑散射开来，室内一片光明，无色玻璃瓶中的吊兰伸开洁白的根须，狭长嫩绿的叶片洋溢着大自然的气息，宁静的空气里只能听到书页翻动时沙沙的声响，眼睛游走在字里行间。人在春天的花朵、夏天的瓜果、秋天的落叶、冬天的白雪里穿行，书不言，我不语，静谧安然。

读书时最怕手机铃声响起，或有客登门造访。当然，此时读书不必担心书读到妙处，上课铃声突然响起；也不必担心读书误了刷脸应卯的时辰、过了食堂开饭的饭点。止心于书，时空不再空虚、不再单调，室内花盆里的花草、室外枝头的小鸟便有了诗意。

我读书向来是囫囵吞枣式或一目十行，说是走马观花式也行，速度极快，如果我读完一本书或一篇文章或一段文字后，立刻喜欢上它了，我会回过头来再读一遍或多遍。比如张贤亮的《绿化树》、从维熙的《雪落黄河静无声》、汪曾祺的《受戒》、孙犁的《荷花淀》，我也不知道看了多少遍，每次看都喜形于色，有时也会顾影自怜，不夸张地说文中部分章节我都熟记于心甚至合卷能诵。

　　《贾平凹散文自选集》一经面世，好评如潮，备受读者青睐，我多次去新华书店搜寻未果，偶然一个机会，竟在地摊上遇到了，小贩要价十元，八块成交。新书定价五十八，我仿佛淘宝捡了个大漏，立马挑灯夜读，贾先生的每一篇散文都是那么温淳含蓄、雅淡自然。他的散文取材自由，关注的多是日常生活，几乎没有禁区，一块石、一片瓦、一个水罐、一只猫，河边洗衣女、船工、农工商不一而足，什么都拿来写，皆是寻常事物，但经他的笔稍加润色，便是匠人雕琢后的玉石，或是竹林里挣扎有声的春笋，或是晚霞给白云镶嵌的金边，由不得你不怦然心动。

　　《白鹿原》开篇第一句"白嘉轩后来引以为豪的是一生里娶过七房女人"，便紧紧锁住读者的视线，揪住读者的灵魂，牵住读者的思绪。一个个鲜活的女人像T型舞台上的时装模特款款走来，一个个生动、曲折、悲凉的故事娓娓展开。读一本好书，如同倾听一个健谈的人在诉说，一句话就能触动灵魂深处的琴弦，产生心灵的共鸣。

　　高尔基说"书是人类进步的阶梯"，这只是他一厢情愿的主观想象；莎士比亚说"书籍是人类的营养品"，事实上精神还替代不了物质；刘向说"读书可以医愚"，其意如禅，尚有待我参。

　　书之于我，就是能放之于床头的伴儿，其地位堪比爱人。不翻它，它不言；封面蒙尘，它不怨；翻开它，它不癫，沉默却不寡言。立于橱前，橱中书立成排，若受阅部队之将士精神抖擞等待首长检阅，又如三宫六院之嫔妃翘首以待圣上的翻牌。此时，橱前之人，若人中矮者必高三分，若人中弱者必强五分，若人中穷者必富十分。

"一日无书，百事荒芜。"烟熏火燎的日子里，书成了不可或缺的调剂品。书是窖藏多年的陈年佳酿，足以让每一天足不出户的日子活色生香、滋味悠长。

青春与我成过客，我携中专揽星河

从小学到初中、高中，再到高校，我的时光大都是在学校度过的，从高校毕业到就业，我出了一所学校的大门又进了另一所学校的大门，手执教鞭便成了我谋生的手段。

受传统教育思想的影响，我对职业教育本没有什么好印象，一群不学习且一身恶习的学生混子终日跟一群改行的教师能学到什么知识技能呢？20世纪90年代初期，一次偶然的经历加剧了我的最初认识。

因爱人在高集乡政府上班，我就居住在与派出所毗邻的农技站院内，时间久了，低头不见抬头见，前后两院的人彼此成了熟客。一个春夏之交的午后，远在桃园镇老家的同族同宗的一房姐姐带一个陌生的妇人踏进了我的家门，那妇人是我姐姐婆家的邻居，头压得很低，哭丧着脸，不说话。姐姐把我拉到一边，细说缘由：邻家的男孩在县职教中心读中专，偷了同学的自行车卖钱买香烟抽，从学校逃了出来，在高集卖车被抓了现行，这会儿就关在高集派出所里。余话不必再说，我心知肚明。找到白所长，白所长正准备打电话，让睢宁县职教中心来人把当事人连同赃物领回去批评再教育呢，略一沟通，白所长送我一个顺水人情，当着男孩母亲的面训斥一通，男孩被带回家反省。后来听母亲说，那男孩自经历偷盗事件后，辍学在家，跟着一个木工师傅做学徒，据说最终成了一个手艺不错的木艺匠人。

我一直以为我与中专学生有八竿子都打不着的距离，虽说普高学生也有小混混、落伍者，毕竟那只是极少数。

世事无常，造化弄人，由不得你不信。2000年以后，县委、县政府一纸令下，我所在的高作高级中学改制为职业高级中学，短短三年过渡期后，我的授课对象由普高学生变成了彻头彻尾的中专学生，学校环境没有大的改变，但是学生的学习能力、学习氛围、学习手段却有了很大变化。

学校改变了，校领导换了，教师也要改变：改变思想认识、改变管理方式、改变教学理念；领导三天一大会两天一小会，反复强调：唯有真爱才能拉近师生之间的距离，才能滋润学生的心灵，才能支撑起学生心中的蓝天。

放下教师的身架，与中专学生近距离接触，蹲下身来你便会有惊奇的发现，事实并非想象中的那般糟糕，相反，中专学校也可以风景独特、别有洞天。清晨，总有晨读的琅琅书声从走廊过道传出；课堂上一双双饥渴的眼睛闪烁着光芒；走在校园里，不时会有"老师好"的贴心问候；草坪上也有"老师，我是不是恋爱了"的倾心问询……

不同的学生个性不同，有的活泼开朗，有的乖巧好动，更有腼腆内向的学生还会做出"我本将心向明月，奈何明月照沟渠"的事情来。

前些日子的一个周末，我和丫丫从乡下接母亲回城，途经桃园镇朱集街，丫丫指着路边的"胖子烧烤"招牌对奶奶说："这家烤串好吃！"母亲疼爱孙女心切，坚持"停车尝尝"，我们走进店铺，这里几乎成了学生周末的专场，丫丫很兴奋，点了面筋串、豆皮串、羊肉串、鸡胗串，我和母亲不认可这种烧烤模式，坐在矮桌旁仅象征性地尝了尝，绝大部分时间都是看着丫丫吃，一直等到丫丫撸完起身。扫码付款时，店家告诉我已有人买单，我忙追到门口，两个学生边快步跑去追已启动的城乡班车，边朝我挥手示意。原来他们也在这儿撸串，只是进门时他们看到了我，而我并没有注意到他们。母亲为两个学生的举动感动不已，一直说孩子懂事，回到城里还乐此不疲讲给邻居听。时至今日，我也仅知道那两个男孩是中专学校的学生，我给他们授过课，但姓啥名谁一点儿都没有印象，在校园里，我不止一次目测从我面前经过的学生，期望能再次与那两个小子相遇，问一问他们是否需要我的帮助，只可惜一直没遇到。

　　如今，我已摸到了知天命的门槛，每天仍与一群说不准什么时候就会给你惹点麻烦的丫头和小子们承担风雨，共享彩虹，我坚信相遇是最好的安排，你若进步，我便安好。

一篇读罢头飞雪

周日晚自修时间，教室里安静得很，我在课桌间的通道里来回踱着方步，随手拿起学生的语文课本，打开目录，翻开来看，一篇篇熟悉而又亲切的文章如同多年不见的老友突然出现在自己面前。当目光触及恩格斯的名篇《在马克思墓前的讲话》时，我不由分说加快翻阅的速度，直奔100页而去。

整篇文章，十个自然段，与我中学所学几乎一字不差，尤其是第三自然段，连标点符号都未曾改变。

鲍书鳌先生是个老学究，身材颀长清瘦，五官端正，时任我的语文老师。初学此文，我感觉第三自然段读起来拗口，向他请教，可我又说不出所以然，他也因此没有解开我的疑惑。后来有幸结识了素有"皖北第一语文大家"之称的葛怀祥老先生，旧话重提，他首先肯定了我的观点，然后给我两点解释：其一，此文先由德文译成英文，再由英文译成汉语，既要忠于原文句式，又要用汉语完整保持原有的意思，即便对一流的翻译家也不是一件容易的事；其二，政治性的话语从来都不像人话，就像普通人要想从欧美的经济学著作的字里行间琢磨出股市的行情，那比登天都难！虽说当时我点头接受，认可了葛先生的观点，其实心里头憋屈得很，那不是我要的答案。

而今再次读过，仿佛昨日重现。

"正像达尔文发现有机界的发展规律一样，马克思发现了人类历史的发展规律，即历来为纷繁芜杂的意识形态所掩盖着的一个简单事实：人们首先必须吃、喝、住、穿，然后才能从事政治、科学、艺术、宗教等等。所以，直接的物质的生活资料的生产，从而一个民族或一个时代的一定的经济发展阶段，便构成基础，人们的国家设施、法的观点、艺术以至宗教观念，就是从这个基础上发展起来的。因而，也必须由这个基础来解释，而不是像过去那样做得相反。"

此段"所以，直接的物质的生活资料的生产，从而一个民族或一个时代的一定的经济发展阶段，便构成为基础"一句本意为：物质资料的生产是人类最基本的实践活动，是人类生存和社会发展的基础。文中表达不太合乎汉语的表达习惯，很直截了当的一句话被说得颠三倒四，让人如坠云雾，疑惑丛生。

另外，句中连续的四个关联词语"所以""从而""便""因而"用法勉强，非但不会让读者读出层次感，还有把读者带到沟里去之嫌。比如表示递进的"因而"就不如表示承接的"当然"更能让人接受。

"直接的物质的生活资料"中的"直接"二字令人费解。我不是经济学者，仅靠揣度，莫非存在"间接的物质的生活资料"？果真是要表达：人进行生产活动，人与人之间要结成一定的生产关系，加"直接"就是要把生产力和生产关系分开，至少也需要在页尾加一条注释才好。

《在马克思墓前的讲话》选自《马克思恩格斯选集》第 3 卷，中共中央马克思恩格斯列宁斯大林著作编译局编译，这可是重量级的专家学者绝对拿得出来的巨作，按理说，不应该出现逻辑、语法、语言表达不准确等问题，应该是我见识浅薄吧。

白头搔更短，一解竟半知。

欲说还休话职高

自2000年至2008年这短短几年时间里，学校多次易址，三次更名。几经易手，最后连它自己的主管部门都不知道该怎么称呼它。

睢宁人知道钢铁市场的走向分布，却鲜有人知道职高的具体方位。

八里原是小村落，隶属高作镇管辖，因其距睢宁老车站八里、距高作老车站也是八里而得名。八里名噪一时源于它曾是苏北最大的钢铁集散地。据说当时八里钢铁生意的链条辐射苏鲁豫皖周边，甚至整个华东地区。睢宁不少人因此赚得盆满钵满，当然也成就了不少实业家。原高作中学一老师与八里一老板千金喜结良缘，婚后即主动离职。两年后，其与原单位几个同事在八里钢铁市场不期而遇，酒过三巡，方吐真言，说自己做的钢铁生意并不如意。要知道那可是20世纪90年代初期！

八里钢铁市场在经济上一度是睢宁经济棋盘上的一只大车，

知名度高无可厚非。可职高就在要道边矗立着，作为八里唯一像样的机关单位，睢宁人却熟视无睹。

在睢宁问路"睢宁火葬场怎么走"，乡下目不识丁的老农都会如实相告"睢宁出东关到八里往北拐"；在城里街道上问路"睢宁职高在哪儿"，十之八九会有人指向城西关的职教中心。教育系统内的人尚搞不清楚职高的来龙去脉，让老百姓知道个来龙去脉，确实有些难为人了。

两年前，县委、县政府终究是看不惯职高的这般折腾，一句话，睢宁职高交付职教中心托管，幼婴变弃婴，职高再次易主。据说现如今睢宁职高的资质已被北睢中挪用，睢宁职高这个弃婴索性连名带户口被一同注销。职高人从此浪迹天涯，流亡生活开始。鲁迅先生在《从百草园到三味书屋》最后说，"最成片段的是《荡寇志》和《西游记》的绣像，都有一大本。后来，因为要钱用，卖给一个有钱的同窗了……这东西早已没有了吧"，那留念和不舍的感觉与此类似。

职高人实诚，对领导的话向来都是言听计从。职教中心一线老师匮乏，干活的人在哪儿不是干？职高人上！职教中心班主任无人认领，干活还讲究什么难与易？职高人上！职教中心每年乡下支教无人愿往，磨不开城里人的脸面啊，职高人上！只要有职高人，所有的问题都不是问题。职高人"就像螺丝钉，哪儿需要

181

哪儿拧"。存在体现价值，挺好。

职高人理性，考虑问题向来都从大局出发。为了"托管"顺利实施，领导在全体职高人动员会议上说，"两家合一家后，在我们八里校区随便放置两个专业的学生都够在座的忙活的了"，注意这儿，他称呼职高是"我们八里校区"，职高人对此深信不疑，涨红了脸，手掌都拍疼了。暑后，另一小领导说"好不容易招来的学生送到八里，学生闹情绪出现问题怎么办"，还是领导考虑问题全面，职高人认可。在征用职高人时，"首先考虑年轻人，年长者不用，原领导组成员不用"，是年长体就弱？抑或原领导组成员徒有虚名？此皆肉食者谋之，不争辩就是。

职高人执着，总相信自己会有一个还能接受的归宿，就像相信太阳每天都会照常从东方升起一样笃定。见惯了职高的变迁，职高人不需要别人的警醒，知道反省自己：一定是自己不出色，才导致今天困境的泰山压顶。不推脱、不埋怨、不彷徨、不怨天尤人、不杞人忧天、不止步不前，阳光就在风雨后。

历来都是树倒猢狲散，墙倒众人推。鲁迅先生《狂人日记》中说："从来如此，便对吗？"

偏爱寒假

寒假是一年中最重要的假期之一。对成年人来说，辛辛苦苦工作了一年，放松一下紧绷的神经，借机盘点一年的收成，机会难得；对孩子们来说，学年过半，新环境的转换、新课程的适应、新师生的磨合是否成功，第一学期期末考试已见分晓，孩子们心存敬畏。恰逢传统的新春佳节，举家合欢，普天同庆，一片祥和的节日景象，却难掩家长对孩子学习状况的焦虑与无奈。

婴儿呱呱坠地，从第一声啼哭开始，便是人见人爱的小宝贝，大都处在同一起跑线上。随着岁月一起成长起来的除身体外，还有孩子的行为能力、语言表达方式、自我保护意识以及接受新生事物的水平，而这些正是日后彼此拉开距离的关键因素。

面对孩子糟糕的成绩，家长咆哮："小猫小狗都比你好教！"这话有一定道理。宠物仅仅生活在巴掌大的空间内，无外界任何诱惑和干扰可言；不同的是，孩子从来都不是生活在一个封闭的空间。家长的眼界、学识、素质等决定了孩子视野的宽度；教师的情怀、水平、教育方法等决定了孩子理想的高度。家长会上，家长动辄气势汹汹地提要求——"换老师！"有考虑过给孩子换家长吗？

有句话说，"命运掌握在自己的手中"，其实孩子的命运掌握在父母的手中。孩子的习惯初始于父母，孩子良好习惯的养成取决于父母的习惯：父母爱好读书，孩子嗜书成命；父母精通音律书法，孩子擅长艺术；父母长于麻将扑克，孩子人生观偏轨；父母酗酒成性，孩子性格偏激。当然，偶有玉米地窜出红高粱、鸡窝飞出金凤凰的情况另当别论。

寒假是过年的代名词，有吃的、有玩的，家长乐呵呵的，孩子更不闲着，玩疯了都。一样的春节家家过，家家过春节的方式又不尽相同。安排孩子每天读三五十页名著，预习一节语数外各科新课，晚上睡觉之前写一篇日记。一寒假下来，满满的收获，也不会影响孩子玩的时间与兴致。这远比花大价钱去上培训班更有成效，关键是孩子养成了自主学习的习惯，越来越不需要家长的监督，了却了家长心头的一大心病，意义非凡。

寒假一向是热闹的，鞭炮声不绝于耳，此起彼伏，大人用手机拍视频留念，孩子们欢呼跳跃，无片刻清闲。这是一种过春节的方式。还有一种过春节的方式，一家人居家悄无声息，关了手机、电脑与电视，大人一个坐在沙发上，在落地台灯下看书，一个在书桌前写写画画，孩子则在自己房间里做寒假作业，室内静得似乎只能听到自己的呼吸声。表面看这是生活方式有别，其实这是人生观不同。

今年寒假与以往没什么不同，才从教室出来，身上的粉笔灰尚未拍净，年货还没有备足，又提及孩子教育，添堵了。只想说，十几年了，孩子被家长养成这般模样，不要指望老师有南海观音的莲花指点石成金。还好，大家都没放弃！

寒假愉快。

雄也气短　形象高于天

——《景阳冈》人物形象赏析

　　《景阳冈》是古典名著中的代表篇目，节选自《水浒传》第二十三回《横海郡柴进留宾 景阳冈武松打虎》。武松打虎的故事在民间流传甚广，妇孺皆知。这得益于评书、快板、相声、戏剧、影视等不同艺术形式的演绎。武松以景阳冈打虎、怒杀潘金莲、斗杀西门庆、断臂擒方腊等一系列事件中的英雄形象深得民心。

　　作者描写武松的形象时，舍弃传统浓墨重彩的手法，向读者介绍一个传说中如坐云端的英雄；相反，走的却是寻常路子，给读者交代的是一个乡村野夫、邻里大哥：耍棍棒拳脚，兼耍油嘴滑舌；勇猛无畏，却又顾及面子逞强；有钱大口酒肉满足肠胃之需，不愿购车马以解行程劳顿之苦。一个典型的乱世英雄形象，血肉丰满，呼之欲出。

　　武松吃酒毫无顾忌。

一、喧声造势

武松走进店里坐下，把哨棒靠在一边，叫道："主人家，快拿酒来吃。"

武松进了店没有出声，而是先坐下，把武器靠在一边，然后才说话。这明摆着是告诉店家：不要小瞧我，我是"行伍"出身！这类似于今天的小混混，头上剪个"刀疤伤痕"发型，走到哪儿都标榜自己"进过局子"。

二、故作潇洒

武松拿起碗来一饮而尽，叫道："这酒真有气力！主人家，有饱肚的拿些来吃。"店家道："只有熟牛肉。"武松道："好，切二三斤来。"

武松端起一碗酒饮下，倒还实诚，说了句酒不赖，听店家说有熟牛肉，便说"好，切二三斤来"。武松这话里有话，不是说"只管上来"，而是要拣好的切二三斤，那就是告诉店家，我是吃家，有牛里脊就不要给我牛肚绷。到底是二斤还是三斤，精明的店家自然知道，那三斤是面子的需求。所以店家切了二斤熟牛肉，装了一大盘子，拿来放在武松面前。

三、威逼利诱

三碗酒下肚，武松不见来酒，得知"三碗不过冈"的来历后，便大呼小叫："我吃了三碗，如何不醉？休要胡说！没地不还你钱，再筛三碗来我吃！"

店家自然不愿客人因酒菜吵闹不休，只得筛三碗。武松酒兴正浓，岂能如意，再起花招。

"端的好酒！"用的是原先的套路，却又有了新词："主人家，我吃一碗还你一碗酒钱，只顾筛来。"自古商人重利益，店家不用怕我吃醉了酒没人付账，吃一碗给你一碗酒钱，怕我什么呢。"客官，休只管要饮。这酒端的要醉倒人，没药医！""休得胡鸟说！便是你使蒙汗药在里面，我也有鼻子！"武松脏话都出来了，店家无奈，第四次又筛了三碗。

四、以钱开路

十二碗酒下肚，武松吃得口滑，只顾要吃。此时浑身解数已用殆尽，遂祭出最后杀手锏——去身边取出些碎银子，叫道："主人家，你且来看我银子！还你酒肉钱够吗？"先把账结了，店家你还有什么话说？今天该你多少钱，全凭你说，俺也不与你讨价还价，只是剩余银两"你尽数筛将来"。武松计谋成功，前后共吃了十八碗，绰了梢棒，立起身，出得门来。

武松不听人言，一意孤行。武松是清河县人氏，从小父母双亡，在苦水中泡大，由兄长武大郎抚养成人。可以想见，武松平日里接触的多是封建社会底层的农民、小商小贩、车夫走卒，脑子里装的也都是些小市民的意识。店家见武松出门就走，赶出来叫道："客官，那里去？"武松立住了，问道："叫我做什么？我又不少你酒钱，唤我怎地？"不管店家出于什么目的，用现在的话来说，张口就拿钱来说事，有些伤人了。遇到心胸狭隘之人，脸一翻，走开了，管你死活！店家让武松看官司榜文，景阳冈上有只吊睛白额大虫，晚了出来伤人，坏了三二十条大汉性命。武松出口便是："你留我在家里歇，莫不半夜三更，要谋我财，害我性命，却拿鸟大虫吓唬我？"不信有虎也就罢了，也犯不着把店家想象得如山贼草寇那般无恶不作。

武松前行四五里路，见一大树，刮去了皮，一片白，上写两行字。武松也颇识几字，抬头看时，上面写道："近因景阳冈大虫伤人，但有过往客商可于巳午未三个时辰结伙成队过冈，请勿自误。"他认为此等小儿科，乃店家之举，笑道："这是酒家诡诈，惊吓那等客人，便去那厮家里歇宿。"汝心之固，固不可彻！走不到半里多路，见一个败落的山神庙。行到庙前，见这庙门上贴着一张印信榜文。武松读了，方知端的有虎。原来，都是定式思维惹的祸。

武松顾及颜面，逞能行事。

武松见了印信榜文，才知道店家所言皆实。欲待转身再回酒店里来，寻思道："我回去时须吃他耻笑，不是好汉，难以转去。"又想了一会儿，说道："怕什么鸟！且只顾上去看怎地！"本想回酒店，却惧怕被店家耻笑，有损好汉名声。仗着一身好拳脚，宁愿与大虫肉搏，也不能让好汉的名声在江湖打一丁点儿折扣，此即谓艺高人胆大！更何况这大虫遇上遇不上还两说，是否存侥幸心理也未可知。

那大虫一扑、一掀、一剪，三板斧过后，反被武松抓住破绽。左手紧紧地揪住顶花皮，腾出右手来，提起铁锤般大小拳头，尽平生之力只顾打。打到五六十拳，那大虫眼里、口里、鼻子里、耳朵里，都迸出鲜血来，一点儿也不能动弹了，只剩下口里喘气。

大虫失败原因有三：一是饥渴过度，浑身乏力。那大虫原籍并非清河县，因环境变化，生存困难，云游至此。自从它伤了过往客商，人人自防，更有山下猎户小分队严阵以待，大虫每时每刻都面临灭顶之灾，食物匮乏已近不能支撑的边缘。这次出山，也是不得已而为之。二是轻敌。过去遇到的客商见它一眼都吓得半死，绝没有反抗之敌。不承想今日出门没翻老皇历，竟出师不利，遇到武松这样强劲的对手。一扑、一掀、一剪，三板斧过后不但没有吓到对手，连对方一根毫毛也没伤着。三是被过度惊吓，乱了方寸。武松双手抡起哨棒，用尽平生气力，只一棒，从半空劈将下来。只听得一声响，簌簌地，将那树连枝带叶劈脸打将下来。定睛看时，一棒劈不着大虫，原来打急了，正打在枯树上，把那条哨棒折做两截，只拿得一半在手里。武松纵身跃起、怒目圆睁，这一棒势大力沉，只是落在树枝上，树枝与哨棒两败俱伤。哨棒真要是落在大虫脑袋上，定是脑浆迸裂，当场毙命。虽说大虫侥幸躲过哨棒，却也吓得乱了方寸，露出破绽，丢了性命，成就了武松一世英名。

武松拳毙大虫，累得也是够呛，不过心眼儿挺细。唯恐大虫不死，有喘息之机，复以半截哨棒又打了一回。那大虫气都没了，歇了住手，又怕，倘或又跳出一只大虫来时，我却怎地斗它得过？此时全然没了先前的英雄之气，就算是腰酸腿软，踉踉跄跄，一步一跟头，也要下得山来，毕竟性命要紧！

作者在塑造武松这一英雄人物形象上，没有刻意放大他的闪光点，同样也没有故意隐藏他身上的人性缺失。瑕不掩瑜，这才是生活中真实的武松！

邮有可缘

我与邮政结缘由来已久。

小时候，我与同龄的小伙伴在家前屋后疯跑着玩，大人们说我们"没个正形"。那年代没玩具，没读物，更别说电视、收音机了，连那话匣子都是稀罕物件。所以当邮递员的幸福150摩托在村口"突突"响起，半庄子的孩子都会在看家狗的狂吠中蜂拥而至，将绿衣信使团团围住，大献殷勤，主动帮助邮递员分发信件，争着给邮递员带路去收寄包裹的人家。每每在邮递员完成我们村的邮递业务，准时离开时，我的脑海中便出现这样一幕场景：邮递员推起摩托，紧跑两步，"突突"声响起，纵身一跃，驾车驶去，留下一阵尘烟。那动作娴熟、连贯，无丝毫拖泥带水，让我猜疑他是不是演过《西游记》里的孙猴子。待尘烟散尽，我依旧不忍离去，贪婪地去嗅摩托车排出的尾气。

稍大一点，我上了中学。学校收发室门前小黑板上常有通知，某某同学取信、包裹等，取信的同学自是兴奋异常，如同有海外关系，那远方的牵挂、惦记是家族的荣光，自然也是本人的荣耀。我等祖辈务农，稍远一点的集镇都没有去过，哪里有来自外面世界的信件？虽说没有眼巴巴羡慕手拿信件的同学，但虚荣心肯定是有的。

上了大学，写书信成了高校生活中不可或缺的内容。学校免费提供印有校名和地址的信封、信纸，只需贴上两毛钱一张的邮票，多诚挚的问候、多激动的心情、多沉重的话题、多热切的等待都会通过鸿雁捎去远方。写给父母，字里行间皆是思念；写给同学，少不了俏皮与开涮；写给老师，多是汇报与问安；写给恋人，永远是相思与挂牵；写给编辑，投出希望与热盼。很难想象一个人在人生旅途中没有书信往来是怎样的孤寂与乏味，我也从不晓得没了鸿雁传书，失去沟通与交流，人的思维与想象是否会因折断翅膀而踌躇不前。

20世纪90年代初期，我踏上工作岗位，喜欢上了码字。自此，与编辑来往日益增多，隔三岔五就会收到邮递员送来的信件。天长日久，我与邮局工作人员成了老熟人，每逢去邮局寄信、取稿费，总能得到优先照顾，我总报以微笑说"谢谢"。虽说这都是些小业务，可邮政和百姓贴心，从不认为是小事。

如今，社会的发展早已进入网络化的快车道，发邮件取代了传统寄信件，取稿费也可以通过微信扫码支付。可邮戳在我心里根深蒂固，那方圆圆的印记，仿佛地球仪，方寸之外便是整个世界。

天长地久是西小（1）

西小的小食堂很是别致。

一半的空间堆放杂物，一半的空间极尽食堂的功能，似男女有别。所以一台双孔煤气灶分开使用，女左男右，即便双灶同时开火，偶有暗尝临灶菜香，也无不睦。因无御用大厨，故每餐均由彼时无课之人掌勺。

男厨多半是袁玮。小伙子黑瘦精神，实诚厚道。说他俊俏有些夸张，但招人喜欢定是没错的。脑袋瓜子灵光，天生一块打牌的料。和他打麻将就等于给他扶贫，这绝不只是我这样说。扑克牌更不在话下，于他纯属小儿科。我和他打过掼蛋，领教过他的胆识与智慧。不过他的厨艺我实在不敢恭维，不管什么菜炒出来都是一个味。好在我每周就在那吃一次，怎么都好对付。平日，为了不打击他的积极性，我还得违心地夸他手艺不错，这确实有点难为我了。

西小与小街毗邻，买菜也还算方便。每逢周二，男厨买菜前都先问我，中午饭是否会在食堂解决，得到肯定答复后，饭桌上比平时都会多个荤菜。因我俩较早便相识，偏我又长他几岁。从内心来说，我很感激他的这份尊重。其实，我对餐桌上的素菜情有独钟。农村街头卖的菜，那叫一个新鲜、水灵。抖一抖，那浓浓的绿色仿佛能顺着水珠滴下来。在锅里翻一下身，放点盐就出锅，筷子夹起，嚼在口里，蔬菜原始的味道夹杂点脆生，保准让你手不停箸，欲罢不能。什么叫原生态？什么叫土菜？城里饭店招牌动辄以原生态、土菜自诩，无他，欺骗尔。有时男厨问我想吃什么菜，我回：大葱盐腌青辣椒，卷煎饼！这可是真心话，他倒以为我是诳他，吃饭的时候反倒会多出一个熟菜来，弄得我是难堪至极。

女厨并不固定，像是轮流坐庄。可能是她们胃口刁钻，实在看不上男厨的厨艺；或许是平日看惯了校外男士的懒散，惧怕校内男士会因此讹上她们，方才不愿与我们为伍。也是，瞧人家那身手，袖管儿挽起，小围裙扎着，刀片翻飞，菜在刀下，或成丝，或成条，或成片，或成末；灶前，一手执锅，一手掌勺，上下叮当作响，说笑间菜即装盘，边上人看着，感觉那儿像在演电影似的。只是时至今日，我还懊恼不已，当初怎么就没夹一筷子尝尝鲜？

景象可以描绘，菜香煞是醉人。

如今因工作变动，我已打道回府。春风十里不及你，哪儿吃饭找得到我那兄弟般的男厨？哪里欣赏得到西小女厨那带有浓郁家庭生活气息的厨艺？现在看来，至多也只能是梦中之幻了。

别了，我亲爱的兄弟；别了，我亲爱的同事。

愿西小一年的支教生涯能成为我一生最美好的回忆。

愿西小一年的支教生涯能成为我们一生最美好的回忆。

天长地久是西小（2）

西小的办公室并不小。

西小的办公室坐北朝南，由标准的三间大教室改造而成，墙壁上还依稀留有教室的痕迹。东西山墙上的黑板依旧保留着，但其内容早已被"行事历""教师工作条例""作息时间表"等所取代；南北墙面上依旧挂着几幅印有教育名言的展板，只是让人感觉有些平淡无奇；玻璃窗宽大明亮，却被布满灰尘的窗帘半遮掩着；装修屋顶用的是扣板，还算时尚；几只照明灯管不断地闪烁着；吊扇永远都是不紧不慢地转动着，让人看着干着急；能与现代教育搭上边的，也就是东北角的那台立式空调和几乎被尘埃覆盖的公用组合电脑。

办公桌南北两排，东西拉开，布局十分气派。每桌上都摆放着一块玻璃板和一盆塑料花，虽然这有些"强奸民意"的意味！倒是紧靠东山墙边的几个简易书柜，极为实用：作业本、教具乃至购物袋、雨伞等杂物都有了好去处。

教学交流与感受是办公室永恒的话题。交流的方式似乎与促膝长谈无关，永远都是争论。这让人很自然地想起那句网络流行语：争论出真理，抬杠涨见识。

我感兴趣的不是据理力争的争论结果、跌宕起伏的争论过程、参与者慷慨激昂的神态，而是争论者那各有千秋的语音：袁玮的声音响度之大能使青筋暴露，卓教授音调之高使得头部高昂，小朱老师的声音穿透力极强，单老师音准一般但配有肢体语言作为辅助说明。这不同风格的绝妙组合，若去参加辩论赛，说一定能拿冠军或许有些夸张，但额外加分那是毋庸置疑的！

群体交流的内容可谓包罗万象，应有尽有：从教学到教育，从衣食到住行，从风俗到时尚，乃至从物价到工资，其中最具观赏性的还是荡漾在我们日常工作和生活海洋中的朵朵浪花。

马校长是退休后被返聘回来的老教师，德高望重，饱经世故。首先令大家钦佩的不是他丰富的教学经验，也不是他处理突发事件的应急能力，而是他对生活一丝不苟的态度。每天午餐他都是自行解决：白萝卜切片加羊肉块水煮，佐以大蒜瓣、葱段、姜片。待到开锅之时，那满带膻味的肉香便会弥漫整个办公室。"马校长今天中午又吃羊肉啊！"这是羡慕；"我闻到肉香了，是您付'污染费'还是我付'鼻息过路费'啊，马校长？"这是调侃；"知道了，我为什么不能天天羊肉煮萝卜，我年轻，工资低！"这是玩笑话。每逢此种情境，马校长总是和颜悦色，不气、不恼，反而以逗趣取乐，一副很是享受的模样。这冷不丁冒出来的一些小清新、小温暖、小机灵、小淘气甚至小滑稽，听起来就很有喜感。

钦老师本在教务处办公，偶有串门。钦先生谈吐非凡，常有惊人之语。对时事政治的分析，角度新颖、有理有据。尤其那着装、神态、谈吐，几乎可以与中央电视台的评论员一较高下。我听了，常有孤陋寡闻的羞愧感，佩服得只差给他打拱作揖了。耳闻钦先生还痴迷于麻将，其技艺比袁玮有过之而无不及。这倒是了却了我一桩心愿：我那男厨兄弟麻将瘾上来时，不必满世界去找对手了。

又是一年金秋至，恰如预约般如期而至。多少矫情的文字也述不尽我对西小的眷恋与不舍，多少煽情的话题也绕不开我对西小同事的思念与牵挂。

祝一切安好。

小　巷

　　金园小区的三、四单元住宅之间夹着一条小巷，我就住在其中。

　　小巷宽三米多一点，谁家门前停放一辆小车，余下的空间仅能容一人勉强通过。灰白色的水泥路面，南北方向等间隔地设置着几处窨井方盖，几盏残破路灯高悬，只是缺乏光滑的青石板，便失去了江南雨巷的古朴感。即便是雨天，有个姑娘撑把油纸伞走过，也难找到江南雨巷的风情。

　　小巷并不乏漂亮的女孩，年龄各不相同，只是笑脸不常见。年龄大一些的上班下班忙里忙外，间或有个男友来找，也有很多才下眉头又上心头的事，走过悄无声息；上学的女孩木然的面孔上架着一副眼镜，走路也多愁眉不展，迎面喊一声"叔叔好"后便低眉而过；二十多户人家，只有上幼儿园的丫丫每天笑如银铃，跑里跑外，见了认识不认识的都笑脸相迎，问"阿姨好！""叔叔好！"，惹得谁见了都要乐一乐。

　　小巷虽小，达官显贵却不少，在各大局供职的更不在少数，所以巷中不管昼夜院门紧闭，成为巷中一道独特的景观。更兼巷中人家常有失盗之说，这与普通人家夜不闭户、门不落锁大相径庭。和我家为前后邻居的沙姓老爷子原本是中医院退休老中医，夜间酣睡于床，忽觉有贼悄然入室，遂坦言相告："你走错门了！"小贼连忙转身，带上门相谢，无声离去。自此，巷中唯几小户人家贼不光顾，纵然院门敞开也是如此。

　　我家居于巷尾，门前丝瓜藤遮天蔽日，吸引人眼球。于是有人效仿。当然，领导的标准起点就高：搭棚须是水泥棒、钢管、螺丝套！母亲笑言：不要说结葡萄、丝瓜，就是结石磙子也担得起。只是领导们吝惜工夫，料理农活技术实在不咋地。藤蔓枯黄，叶片稀疏，偶尔结个瓜果，虫子来咬，偏偏小鸟又来光顾，这令领导不解。母亲买菜购物经过棚下，实在看不下去，唯恐浪费那漂亮的瓜棚，遂卷袖去草、松土、捉虫、浇水、施肥。一场雨后，眼见着藤蔓一天比一天粗壮，叶片一天比一天肥大稠密，诱人的瓜果个个从棚架上向下羞涩地探出头来。

　　巷首住着一户汤姓人家，屋山头栽一棵玉兰树，应该是栽的时候被人踩断了，于是从一个根子上发出三棵苗来，偏偏无人剪枝，这反倒成就了玉兰树的造化。如今三棵玉兰树枝干挺拔，叶片翠绿。夏日难挨，谁走进巷口，都要驻足举目，享受如盖绿荫留下的片刻清凉；春寒逼人，人还没到巷口，老远就见玉兰树无一叶片，满枝头的玉兰花烂漫妩媚，香气四溢。

下班回家，小巷里聚集好多人，议论纷纷，情绪激动，这在平时是很少见的。晚饭时母亲说，金园小区要拆迁了。我心一怔：金园小区可是睢宁第一个样板小区！内心自然清楚，这理由苍白，只是从心底牵挂我门前的小巷。

小巷不是很漂亮，却是很难得。

池　塘

校内有一方池塘，呈S状。

塘边和塘内都是些从远处采来的假山石，杂乱无章地摆放着，生硬地透着几分原始气息。几株垂柳枝条低垂，如少女的青丝般婀娜多情。两孔水泥桥分别位于"S"的上部和下部，一座平板桥名曰晓桥，一座石拱桥名曰映月桥，二者相映成趣，远望极似陈逸飞笔下江南周庄的双桥。

池塘系人工开挖而成，并不很深。起初塘水清澈见底，放养的鱼儿几许可数。随着鱼儿欢快的繁衍，水质变得混浊，现在水深已是不可测了。常来池边玩耍的学生每每都要做出夸张的动作和鱼儿玩。所以鱼儿极为怕人，唯恐人会把它捉了去。通常是人还没有仔细看它，它就潜入水下，从不远处再冒出来，玩起了捉迷藏的游戏。

塘中央的水域有几株睡莲背托着水面，睡意蒙眬，任由鱼儿在旁边来去穿梭。可能是池底新建缺少污泥的缘故，睡莲叶片缺乏翠绿，荷香不再，仿佛少女营养不良、脸色蜡黄、毫无生机可言。几朵莲花红得不艳、白得不纯，不过日出而开、日落而敛的生物钟特性依旧引起不少学生的好奇。

"S"的急弯空旷处各有一座凉亭盘踞，名曰蕴秀亭、蘑菇亭。蕴秀亭效仿江南建筑设计，雕梁画栋，挑檐飞角，直立高耸。亭下有石栏、石椅、石桌，可依、可坐、可聊。眼观校内风景，耳听琅琅书声，笑谈身边趣事，畅谈平民人生，倒也不失为一个好去处。只是悄悄话是断然不能在此说的，人多眼杂。偶尔也有男女学生光顾闲聊，"悄悄"便不复存在。学生更愿意去的还是蘑菇亭，好像蘑菇亭的造型更符合他们的想象。于此看书、嬉戏，才会尽情彰显真正属于他们这个年龄段的青春活力。

水是池塘的眼睛。塘内的水来源于假山石后的一眼小井，水由水泵抽出，经水管，绕过假山石，从石顶而下，远看似山泉涌出，春秋不断。水取自地下，清甜异常。盛夏炎热，多有学生以手掬水，解渴、洁面、消暑，笑声欢快；严冬霜降，水在石面结冰隆起，冒着热气的地下水从石顶沿冰面流下，少见多怪的学生多在塘边驻足围观，啧啧称奇。池塘竣工的那一年暑期，我在学校值夜，恰逢停电，夜深人静，炎热难挨，难挡满塘清水的诱惑，脱衣下塘入水，恍如仙界，令人陶醉，至今难以忘怀。

一届又一届的学生走了，但这方池塘依旧在。

赏　荷

我对夏荷的期待由来已久，只是担心被别人耻笑，说我附庸风雅，从不敢外露。每每听说哪儿夏荷连天、荷花盛开，即便去看，也总是找一个离题万里的理由，再叫上一大帮子不相干的朋友，几辆车子浩浩荡荡地开拔而去。想想看，你若直白地说"赏荷"去，哪个鼻子还不滴你一大坛子醋？

幼时看荷纯属好奇。乍暖还寒的季节，"小荷才露尖尖角"，这对于从未走出家门的少年来说简直就是奇观。哪里见过这样的东西，以这种奇特的方式与人相见！颀长的根茎亭亭玉立于水中，绿紫色的雏叶打着卷儿在水面上随波摇摆，一任鱼儿在其身边嬉戏，不时有蜻蜓栖息其上，间或有两只、三只也说不准，在尖尖角上方盘旋着打架，只为争夺那一丁点儿栖息之地，着实是一段静中取闹的武生戏。

中学时，承蒙语文老师厚爱，我作为学生代表参加全县"创造与发明"中学生作文比赛。我受水珠在荷叶上滚动后不留痕迹的启发，突发奇想，以"荷叶玻璃的设想与制作"为题，当场完成一篇文章，"志在解决雨天眼镜、车窗雨水留痕的问题"，荣膺初中组一等奖。那奖品（一支钢笔、一本带塑料外壳的日记本），直让我的虚荣心得到好一阵子满足。

读了周敦颐的《爱莲说》，方知世人中竟有莲痴与荷迷！"予独爱莲之出淤泥而不染，濯清涟而不妖，中通外直，不蔓不枝，香远益清，亭亭净植，可远观而不可亵玩焉。"直言荷"花之君子者也"！呵呵，世人皆笑我痴癫，周君甚我千倍远！

高校放假总是早，受同学之邀去看他村后的荷塘。接近正午时分，荷叶茂盛，浓绿欲滴，荷花盛开，与人齐高，周围一片寂静。被莲蓬吸引，我俩脱鞋入水，误入深处。猛一抬头，藕塘中央处小岛上高大柳荫树下紧密相偎的一对男女更显惊慌失措、无所适从。我俩在手忙脚乱中匆匆离开。想起来那相爱之人内心必是满满的甜蜜，盛夏正午村外荷塘孤岛柳荫树下，那是怎样的一个情人约会之地！光是闭目想想就足够你幸福小半天的了。

自此，与荷结缘。赏荷遂成了藏在心底的一份念想。

我以为，赏荷人不必多。三两可以同行，一人也未尝不可，朱自清说"这是独处的妙处"。路线设计随心所欲，可近可远；观赏速度可快可慢；如欣赏一幅画，可整体浏览，也可细细品味，可双眉紧锁，也可开怀于后。于浓浓的绿色中，尽情呼吸清新的空气，倾吐内心浑浊的气息，将自己与繁杂吵嚷的世界孤立开来，什么都可以想，什么都可以不想。想想看，那是怎样的奢侈啊。恰有人同行，至少需是知音，否则一个陶醉其中，另一个嗤之以鼻，必定添堵！

赏荷必不过午。过夜之荷，绿色浓郁，枝蔓亭亭，气爽神清，露珠在荷叶上摇曳，动感十足，空气中水分超高，荷花清香之气下行，于藕塘中穿行，香浴通身，隔日不绝。若是午后来赏，人困马乏，烈日下夏荷懒散不娇，看了想不了，想了想不到，倒不如在家手摇蒲扇躺在竹榻上看2010版本电视剧《红楼梦》为妙。

当然，雨中观荷另当别论。

眼下，又到了赏荷的最佳时机，只是同去赏荷的人在哪儿呢？

洗　澡

　　起了个大早，提起爱人昨晚给我收拾好的换洗衣物，径直向红叶浴室走去。

　　虽说已出正月，我仍能感到春寒的肆虐。

　　街道上行人稀疏，间或有几个，大都脚步匆匆。是赶早车还是晨练？未可知。出租车总是从身边疾驰而过，好像打车的人就在前面不远处等着他，迟了，生意就被别人抢跑了。做早餐生意的还是那样辛苦，热气正从蒸包子的笼屉里直往上冒，小笼包子的香味似乎隔着一条街道都能闻得到。

　　更衣大厅里已有说笑声，搓澡的师傅总有说不完的话题——大到国际争端、两会议题，小到邻里风波、偷腥吃醋，没有他接不上的。每次进来，那亲近的招呼、亲切的笑容容不得你有半点不快，仿佛他就是和事佬，到了他这儿，天塌下来，他手一举，完事！

　　堂内大池里的水清澈见底，平静的水面笼罩着一层薄薄的雾气。尽情享受着热水滋润的是几个上了年纪的人，看得出来都是老客。和他们点头示意后，我轻轻地将赤裸的身体埋入水的怀抱，让柔和温暖的水吻遍我的每一片肌肤，一任水与我的肌体无声地对话，哦，真是美妙！

洗澡的确是一件美妙的事，我不由得想起高校生活中那段难忘的洗澡经历。

安徽省宿州师范专科学校在一九九〇年前后那时还没有校内浴室，学生洗澡要去校门正北的朝阳浴室。通常我们会相约几个同学一起去，这样有两个好处：其一，五人以上为学生团体票，每人便宜两毛钱；其二，几个人可以相互搓背，洗一次澡基本上就可节约出一张电影票了。我专心泡澡的时候，一个慈眉善目的老者主动和我打招呼。当他得知我是学生时，便主动提出要和我建一个搓背互助组。我回答说，我不会搓背。他笑着说，这不是问题，他可以教我，于是我便没有了拒绝的理由。

老者可真是行家。他下手轻、柔，全然没有搓澡工那般的蛮力；他又极认真极仔细，全身每一处，即便是隐秘处，他也不放过；他还说被搓的人要知道如何用自己的肢体去配合他，每一次搓澡的过程实际上就是一次艺术表演！通过了解，我知道了他不找搓背工的原因，他看不上那种蠢笨、呆板、莽撞的手法，说搓背工为了多搓一个人多挣钱应付了事，缺乏职业素养。他说他祖

211

籍扬州，扬州人有勤洗澡的习惯，他几乎每天洗一遍澡。他教给我的方法让我很受用，只是可惜我们互助不到三个月的时间，我就毕业离开了宿州，再没见过老者。

在搓澡师傅的语无伦次中，我结束了难挨的搓背煎熬。搓澡师傅接过钞票，还不忘口中念念有词："功夫有限，欢迎指教。"不管搓澡师傅是谦辞还是客套，我信念只有一个，他还真是欠缺指教。

洗去的是灰尘，干净的是躯体，回味的是经历。整理罢衣物，对着蒙着一层水汽的镜面，我梳了梳尚未干透的头发，掀开门帘，走出门去，室外已是朝霞灿灿。

杏花开了

天气尚有几分寒意，柳枝的鹅黄色嫩芽却像变戏法似的一夜之间钻了出来。潍河北路的过往行人少不了要多看两眼，像是遇到突然换了套时装的知己，又如久别的人儿重逢，内心的喜悦溢于舒展的表情。春天首先在柳枝上落了脚，哦，春天真的来了。

云河广场靠北面的园圃中栽有零星几棵杏树，三五朵白色花朵努力地开着，显然倒春寒终究阻挡不了春天的脚步。少得可怜的几朵杏花吸引不了过多行人的眼球，"小楼一夜听春雨，深巷明朝卖杏花"，倒是我比陆放翁平添了几分期待。

老家人大多都喜欢栽杏树。平时吃剩的杏仁随手一丢，一开春，随便哪个地儿都有几株杏苗钻出来。拔出来，插在门前或院中的空地上，不到两三年，即可挂花结果。简言之，杏树生命力极强，这是桃、梨、枣乃至柿子、苹果所不可比的。

杏树花开得早，是春的使者。"暖气潜催次第春，梅花已谢杏花新。"乍暖还寒的日子，诗人罗隐见了杏花几乎要欣喜若狂了。因寒冷蛰伏了整整一个冬季，冷落、萧条、毫无生机的自然景观看得太多、太久，人们从心底渴望春天早点到来、早点见到春天的生机盎然。男女老少没有谁不喜欢杏花，案上瓶里插着，姑娘头上戴着，娃娃手里拿着。"莫怪杏园憔悴去，满城多少插花人。"杜牧就说，杏树被采花人糟蹋得不成样子，不能怨采花人，要怨只能怨杏花太惹人喜爱了。

杏树少有虫咬。没成熟的杏谓之青杏，味道涩、酸、苦。小时候没啥吃的，急不可待时，少不了吃些青杏的苦头。所以我对教育者称学生早恋为食青杏佩服得五体投地，无论形、意、味，绝了。当然，青杏摘下来也并不是一无是处，放在阴凉处阴干后，用来泡茶喝，有止咳定喘、润肠通便的功效；青杏摘下来埋在粮食堆里，一周后变黄可食用，如软柿子一般，软、香、甜。麦黄时节，杏也黄了，成熟的杏酸甜可口，气味芳香。又无虫咬，吃时不必担心咬一口里面会有半条虫子，扫人的兴。计划经济年代，买什么都需要票，门前院中的杏树敞开供应，给我和我的伙伴们带来了无尽的欢乐。据老家来人讲，现在人讲究吃原生态食品，家乡的土杏身价倍增，这庭院经济政府还扶持呢。

爱屋及乌是一般人都有的习惯。念及对杏树的喜爱，老家人给孩子起名有意思得很，杏儿、杏花、山杏，甚至干脆就叫小杏的一个村子就有好几个。什么时候谁家有个男婚女嫁，叫杏的能聚一大桌子，说是"杏"大聚会丝毫也不夸张。我的儿时旧友中就有个女孩，乳名唤作杏儿，我俩从小学到初中毕业一直在一起，我杏儿、杏地不离口。就是现在回老家偶尔遇上她回娘家，还是口语化称呼杏儿。

不觉间，几棵杏树已到了身后。想起往事，我不由得又转过身去，那几朵杏花依然在春寒中骄傲地迎风绽放。

马桶边上放本书

老三是我老家一房里的哥哥，长我近二十岁，是个老牌书迷。

他看书不挑书，什么书都看。过去农村偏僻，除了《毛泽东选集》、过期的《红旗》杂志、《人民日报》，其他的多被列为禁书，老三照样看得津津有味。他看书不挑时间，只要有空，你总能看到他双手捧着书，像个木桩似的蹲着。他看书不挑地点，床头、饭桌、田间地头，哪儿都成。娘几个围在一起做针线，通常就有一个大男人蹲在那儿，女人夹针线、鞋样的书就捧在他手中。三嫂家前家后找他不见，就会直奔茅房，三哥十有八九正蹲着坑看着书呢，一找一个准。

我喜欢老三。

我一直认为老三才算文化人，打小就崇拜他，就连他的一些读书恶习我也刻意效仿。对娘几个嘲笑他说"读书有用也没见他少吃一碗饭"，我尤为反感。相反，老三每次听到娘几个的嘲笑总是报以回头一笑，我更是敬仰：腹内草莽之人断然不可能有如此境界。小时候出于敬畏，我只能远远地看着他，从不敢与他面对面交流。直到我大学毕业踏上工作岗位之后，在一次本房侄子的婚宴上，我和他才有了一次心仪已久的长谈。"看书可以忘记饥饿。"食不果腹的年代，吃了上顿便接不上下顿，有了书看，注意力就会转移，饥饿的感觉可以暂时消失。可见，"看书是节省体力的最佳活动"。

那年代缺少吃的，大集体的繁重体力活通常让人吃不消，与同龄人之间追逐嬉戏相比，看书显然节约了活动量，还能获得精神上的鼓励，可见，"看书是家庭和睦的基础"。看书了，其他爱好就少了，不赌博、不酗酒、不惹事，家人放心，自然争吵就没有了。就是有了别扭，让她快活快活嘴絮叨几句，她还能疯到天上去？天哪，这哪里是我认识的老三？闲来与母亲聊天，无法不谈及我的苦闷。母亲笑着说我三哥说的是真话，他是个假文人！

再一次对老三有重新认识，已是我成家立业之后了。从农村走出来的土小子，我自认为自己不能说事业有成，但比上不足比下有余，还是勉强说得过去的。可在处理家庭问题上，常常显得力不从心。日子久了，便觉"躲避"是家庭和睦之法宝。老人唠叨，"躲避"的时间一过，老人会感到唠叨是废话，睁一只眼闭一只眼得了；爱人往往对男人喝酒、打牌晚归喋喋不休，男人动手显得不丈夫，动嘴又显得不男人，"躲避"好了，阿Q精神胜利法会让女人因暂时胜利而忘却不快，大事化小，小事化了。那如何"躲避"？"看书是家庭和睦的基础。"老三说过的！

老三是"哲学家"！

马桶边上放本书，妙极！

我与酒之情仇

很早就想写一篇与酒相关的文章，只是很难描述我与酒的情结，所以迟迟不敢落笔。适逢周四在单位值夜班，孤灯之下，伴着窗外淅淅沥沥的雨声，和着由来已久的思绪，遂成以下文字。

我不喜欢酒的味道。茅台、五粮液、汾酒、水井坊，无论多名贵的酒，于我而言总是一个味：酒精辛辣的刺激味道。如果非得让我说酒的好坏之别，我只能说好酒刺激性小一些，普通酒刺激性大。纵然喝高了，好酒也不会像普通酒那样让人口干、反胃，不舒服。说酒香扑鼻、绵软醇厚，我还没有达到那个境界，我一直认为那只是广告语言。女人天生对香气最有兴趣且最为敏感，但没见过有哪个女人遇到醉鬼便趋之若鹜，使劲地用鼻子去嗅那扑鼻的酒气。

我不喜欢酒的场合。有酒在，什么人都可以坐在一起，公款招待酒、私人感情酒、亲朋人情酒，两人对坐，三五成群，十个人可以一桌，十二人也能一围。无论哪个场合，什么话都敢说，起初假话连篇，后来大话连连，最后只剩下糊涂话。现在什么话都能信，就是酒后话不能信，这一点妇孺皆知。

我不喜欢酒的价格。说汽油价格涨得快，但比起酒来，那可是小巫见大巫了。名酒那是成倍地涨。本来老百姓兜里的银子就少得可怜，酒价一翻，那只有望酒兴叹的份儿了。要命的是，酒店里消费的人群好像人人都是大款，服务生打开的不是海之蓝就是苏酒。这高速膨胀的攀比之风常常是要足了面子，掏空了腰包。

我爱喝酒。酒，乃人世间尤物。由口入腹，能充饥、能解渴，尤能作用于人的心脑。心脑经酒滋润、刺激，便产生莫名其妙的变化、莫可名状的诡谲，对外表现出的言行则更显与众不同。因此，人世间有了酒，人类的生活便丰富多彩，人类的思想便斑斓多姿，茫茫尘寰便增添许多有趣的风景，短短人生便平添许多悠长的滋味。

我爱酒的文化。不同区域的人性格迥然有异，形成了风格不同的酒文化。北方人豪饮，南方人轻啜；东方人谦让，西方人随和。为劝饮一杯酒，"晚来天欲雪，能饮一杯无"可相邀；"劝君更尽一杯酒，西出阳关无故人"可威逼；"白日放歌须纵酒，青春作伴好还乡"可托辞；"人生得意须尽欢，莫使金樽空对月"可欺骗，那"不饮此杯，决不罢休！"的手段令人心怡。

　　我爱酒后的独处。"浓酒不知去处",酒高了也无妨,卧榻就寝乃是上策。待酒意已消,定是午夜时分。轻身下床,取青萝卜两片,倒清茶一盏,床头灯下,古棋谱一局或名家短文一篇,嘴里边嚼边饮,眼睛慢慢赏来,便觉神清气爽,口有余香。

　　我与酒之情仇,恨亦忧,爱亦忧,罢休何时是尽头!

我醉了

昨晚上酒喝大了。早起，一身酒气，赶紧冲了一把，洗漱完毕，还是没有开车的底气。早七点，刚到计生局门前，我就看到6路公交车在红叶路口等红灯，于是紧跑几步，终于在它刚要离开红叶站台时，气喘吁吁地上了车。

车上人并不多，我在偏后靠左面车窗下的空位上坐了下来。公交车突然启动，一个站在我右前方蓄着乱须的黑脸大汉猛地闪了个趔趄，在乘客的惊叫声中，司机加大了油门。

我前面右车窗下的座位上坐着一位衣着时尚的女士，嘴里正吃着东西，是小笼包。黑脸大汉手里提着，一会儿向前递过去一次。当着这么多乘客的面，女士吃东西也太过了！即便公众场合男女的亲昵行为已经没有了约束的界限，大到广场路边，小到商场校园，但凡有人的场合，此等风景已不少见，可毕竟这是一对中年人，又是在公交车上，俗不可耐！我把脸转向左窗外。

女士不愿吃了，黑脸大汉不依不饶。女士的表情分明是说，确实吃不下了。黑脸大汉遂收回盛着小笼包子的塑料袋，转而又从手提袋中掏出一瓶奶来，递过去。女士迟疑了一下，一只手接了，又迅速地换了另一只手。显然，奶是热的，还有些烫手。我忍不住又看了一眼黑脸大汉，他可能意识到我在看着他，抬头扫了我一眼，旋即又拿出卫生纸，递给那位女士。鄙夷的想法在我心头再次冒出。

公交车在人民医院站台停了下来。

黑脸大汉将身子蹲下，他是要背着那时尚女士吗？

在我的狐疑中，在众目睽睽之下，在乘客不耐烦的催促声中，黑脸大汉容不得女士半点忸怩，背起女士从容下车，直向人民医院大门走去。任女士的一条裤管在冰冷的寒风中飘荡，原来那位时尚女士竟少了一条腿！

直面这几分钟的一幕，我为我的感性直觉与思维定式羞愧，我为我浅陋和鄙夷的任性懊恼。小笼包和奶在我心头依旧冒着热气，黑脸大汉和时尚女士的面孔相继在我脑海闪过，越发清晰。

寒冷的晨风中，真情的温暖令人动容，我心欲醉。

又见芦荻花

周末去白塘河湿地公园走走。冬阳西斜，毫无温度的阳光照射到人身上，让人没有什么感觉。

白塘河湿地公园是睢宁县第一家国家AAA级旅游景区。园区内广植各类乔木、灌木、地被、水生植物，适以点缀景观小品、构筑物及建筑物等，规划建设了湿地保育区、农耕体验区、科普教育区和佛教文化区等。原先此区域地势非常低洼，但饱含丰富的水域。通过对其进行相应的整理和归集，区域内的水文更加系统且灵动，水面、水系及滩涂更具湿地的乡野情趣。

冬日傍晚的气温偏低，游人零散可见，景区门前车辆稀疏，略显空旷。两侧的花丛耐不住冬风的"问候"，披头散发，朝气尽失；成排的绿化树木已片叶无存，劲风吹过，枝条嗖嗖作响。心里想着湿地深处那茂密的芦苇和芦荻此刻应该是另一番样子，不由得加快了脚步。远处水洼里的芦荻远近相连成片，荻花婆娑婀娜，纯白一色，随风舞动，惹得鸟儿啾啾喳喳，起起落落，自成一景。我驻足远眺。

白塘河湿地公园绿化时，低洼处新添了多处人工滩涂，人工扦插几株稀疏的芦荻，一年后在这里形成了铺天盖地之势。夏天鱼儿潜翔，水鸟乐居；深秋过后芦叶黄枯，荻花雪白；入冬空中雪花飘散，滩涂荻花随风荡漾，一幅浑然天成的冬景图。其实，我对芦荻花的喜爱并非自今日始。

我小的时候，农村老家家门前有一方面积不甚大的汪塘。春天白絮柳笛，夏天游泳摸鱼，秋天摘菱采莲，冬天捉迷溜冰，那里是我和伙伴们快乐的源泉。汪塘岸边的芦荻见证了这一切，我和伙伴们对它有着特殊的情感。

缺粮在过去是一件司空见惯的事，尤以每年春天为甚。稀饭只能撑肚皮，摸爬滚打的我们往往是逮着什么吃什么。初春的芦荻芽嫩紫色，脆、涩，却有一丝甜意。所以，有事没事时，我和伙伴们都会掐几段在口里嚼嚼，一如眼下嚼口香糖，不能管饱，却能挡饥。夏天，芦荻花尚未开出，剥开芦荻的花苞，嫩嫩的、软软的乳白色的芦荻花，甜甜的、绵绵的，口感可比春天的嫩芦荻强百倍。尤以女孩最爱，我至今也忘不了三葉姐姐纤指轻轻剥开芦荻花苞，舌尖巧如簧般将其摄入口中那高雅的动作。

缺衣那时更是常态，冬天时人们常被冻得手脚生疮。采把芦荻花，像鞋垫样放在鞋里，柔软暖和，轻便舒适，老少咸宜。心灵手巧的女人，会将芦荻花与雷草糅为一体，编出来的毛草鞋叫毛蓊，舒适、温暖。有意思的是，不久前我在大润发超市还见到过这种毛草鞋。丫丫问我这是什么鞋，我竟一时语塞，直到出了超市，我才把毛蓊的来龙去脉说清楚了。丫丫居然带着艳羡的口吻说：那时的人挺时尚。

沿着湿地边的水泥辅道往回走的时候，看见几个女娃娃人手一把芦荻花，做拂尘状，有模有样地学起了《天仙配》董永的"夫妻双双把家还"的唱段。

身后低洼处洁白的芦荻花随风荡漾，温暖潜入心底。

童年消夏

记忆中童年夏天的天空总是蓝蓝的，太阳像个火球，把地面烤得似要生烟。不要说田里的庄稼、路边的树木，就连整日忙个不停的大人也不得不躲在树荫下，慢摇蒲扇，任凭蝉儿在树上鸣叫，没了脾气。村口水塘边的几棵老柳树总是无私地向上、向远尽情伸展自己的枝干，为热得团团转的人们提供纳凉场所。粗茶、土烟、纸牌，片刻间照亮了男人因家庭贫穷而产生的自卑心理；纳鞋底、绣花、做针线，连同窃窃私语，在女人的心头荡起层层涟漪。不知疲倦的顽童上树掏鸟、下水捉鱼、瓜棚摸瓜，自然永远是大人操心不尽的主题；趴在地上不断吐着红舌头的看家狗似乎早已忘却了自己的职责，面对人群悠闲地双目微闭。

童年时，家乡生活困苦。赵本山在小品里说那时家里家用电器仅有手电筒，基本上就是我家乡人们生活的写照。满村子就老彭头有一台收音机，还老跑台。隔壁太奶奶没见过，不无遗憾地说："那玩意儿好是好，能说能唱的，就是一到晚上，里面的人好争着说话，没有教养！"就这台收音机吸引了整整一村子人。一到晚上，村里人早早吃罢饭，如预约般，又如村书记统一通知好一样，聚集到村口水塘边的老柳树下。小孩儿在最里面，娘几个在中间，爷几个包括老人在最外围。刘兰芳那绘声绘色的《岳飞传》《杨家将》如送爽的清风，是带给那个时代的全新时尚。

蚊子似乎是夏天不可或缺的配角。对付这些令人讨厌的家伙，方法很多——烟熏、药杀、网捕，然而那时最好的办法好像还是躲避。室内蚊虫太多，晚上走进没有开灯的屋子，"唰唰"碰脸。所以，一到晚上，晒场、路边是最理想的睡觉场所。男人无所谓，拉一条芦苇席片哪儿都能睡，但是也有倒霉的时候。老天下雨，谁也没办法啊，每每遇此，遂乱骂两声了事。女人可就没有这个福气了，除了室内、院落，别无选择。不过，平生还有记忆的传说故事多半也都来自那时的繁星或月光之下，这也算是意外收获吧。

看电影是那时最高兴的事。尽管那时没有手机、BB机，电话也就村委会有一部，可总有好事者将周围村庄的影讯事先摸得一清二楚，方圆十里八里都不在话下。大人小孩白天就眼巴巴地盼着天快一点黑下来，恨不得晚饭不吃，开动"11"号（双腿），义无反顾地向电影场奔去。当然，绝大部分的顽童都在电影放映过程中酣然入梦，又在睡眼惺忪中匆匆回到家中，但这"伟大"

的过程才是最重要的。你可以在伙伴的影评争论中沉默不语，但你绝不可被人耻笑没去看那天晚上的电影！这里包含有小男人尊严的韵味。

洗澡是降温的首选。印象中，童年伙伴没有不会玩水的。高温天气，没有电扇驱风，没有空调降温，洗澡这种极为原始、廉价的消暑方式，显然要比蒲扇来得简洁和速效。不光顽童，就是大人也都乐此不疲，所以不由得你不会玩水。凫水、踩水、跳水、扎猛子样样都行。更有天黑时，个别调皮的小伙伴从水塘的一个地方一个猛子扎下去，经很远的距离后，从另一个地方女人堆里突然冒出来，引起女人的惊慌和尖叫，逗得爷几个开心大笑。前几天，因家乡的老屋修葺，回家收拾旧物，跟几个小辈去村口水塘去"涮涮"。老柳树已是不见了，可水塘依旧，水依旧，早已洗不出儿时的痛快淋漓、舒心清爽。当年女人们洗澡的禁地，那儿曾经出现的尖叫，好像就在眼前，只是没了身边爷几个开心的大笑了。回眼看见身边几个小辈迷惑的神情，我不禁哑然失笑。

旧时童年的夏天虽然艰辛、无奈，却也令人回味无穷。

童年琐忆

1

童年的某些记忆会伴随人的一生，甚至会影响一个人的一生。

看电影是童年时最有趣的事。小时候看的电影中，战争题材居多，往往一部电影先在一个村子放，接着在周围村子重复循环放一遍，之后才能换影片进行下一轮循环。所以当时我对不少影片耳熟能详。在没有网络、游戏甚至没有玩具、没有读物（仅有少许连环画）的年代，伙伴们争论最多的还是影片中的正反面人物。表面上我慷慨激昂地说正面人物如何如何深得我心，实际上占据我内心世界一席之地的恰恰是反面角色中的女人！她们一出现，要么身着统一的制服（女兵），要么穿着可身的旗袍（太太、小姐），即便地主恶霸的家人也都个个雍容华贵。作战部的女兵不苟言笑，身材苗条，英姿飒爽；太太、小姐舞姿蹁跹，轻拈酒杯，风情万种。她们出现的场合多半有水果、宴席（在食不果腹的年代对人们诱惑极大），尤其那高跟皮鞋的嗒嗒声，声声敲在我童年的心坎上。直到上高三那一年，本村一个表嫂到我家提亲，想让她那骨感的表妹嫁给我，后来表嫂问我初次见面感觉如何，我的一句"她穿的高跟鞋很漂亮"让她近半年没再登我家门槛。

我一直认为苗条是女人最美的体态，穿高跟鞋的女人最具女人味。这可能和我童年时期早早形成的审美有关吧。

2

低矮的草房，散落的土墙院，古老而贫穷，只有那鸡鸣狗吠、袅袅炊烟展示着农村的生机。然而家乡的贫穷丝毫没有影响到童年时我的顽皮与天真。

记忆中，那时老家生活简朴艰辛，农村人一年的收入很难糊口，所以精打细算是农家人的看家本领。倘若平时有顿饭，饭桌上有了炒菜，那一定是家中来客了。要是桌上还有瓶酒，那客人定是多年不相往来的贵客！否则农家人在不年不节时是不会如此破费的。老家农村特产"老盐豆"是一年四季的主菜，"老盐豆"辣、咸、香，由炒黄豆、辣椒、盐相佐而成。家境好一些的人家会多加入葱、大料、生姜等，吃起来更香。谁家菜园子里都会种辣椒，老家人都能吃辣，鲜有不能吃辣的。姑姑家的小表弟自小就喜欢到我家过夏，已经不算客了。饭桌上一碟"老盐豆"、一盘炒辣椒，母亲开玩笑说"能吃辣长大能当家（老家谚语）"，直辣得他涕泪直流。现在相聚时聊起旧事，大家还会笑得前仰后合。

我有一个朱姓的叔叔，是我父亲在外地逃荒时结交的一位朋友。他家乡境况好，第一次来我家时提个箱式收音机，可轰动了。周围几个村子好事的人都来看稀罕，和叔叔站在一起的我（刚刚记事）都成了村里人羡慕的对象。老家本生产队一个表婶的娘家弟弟要相亲，担心女方看不上他，几次三番到我家才借到叔叔的收音机拎去。果然女方答应了亲事，遗憾的是，那表婶的娘家弟弟自作聪明，将收音机接上高压电，弄坏了，送回时已经不再能夺人眼球了。表婶娘家的弟弟自然无力偿还，为此我家和表婶家有了隔阂。后来听父亲讲，那女方以表婶娘家弟弟是败家子为由最后拒绝了亲事。我想，只是可惜了叔叔那轰动远近的收音机了。

老家的村子不在集市上，送来往信件都是由骑摩托的邮递员完成的。只要有摩托声音，小伙伴们就会一拥而上。摩托一走，小伙伴们便会一起伸长脖子，用鼻子使劲地仔细去嗅摩托排气管排出的尾气味，惹得大人们发出一阵阵会心的笑声。多年之后，我还固执地认为，摩托车尾气是家乡留在我记忆中最美的味道。

儿子常常带着欣赏的目光听我讲我的童年，可他能品味出其中的艰辛与无奈吗？

3

童年像只小鸟，不停地在空中飞来飞去，树枝上、草丛中、小河边、房檐下，落在哪儿都会啾啾嬉闹，留下一串记忆。

我八岁多的时候，还和一帮孩子一天到晚地狂野，疯到极致。在常光启老师两只粉笔的"引诱"下，我开始了我的求学生涯。两天后父母亲才知道我已经上学，老师的一句话——"很少见到听课那样认真的孩子"，让我的父母亲心甘情愿地为我交了一块钱学费（一年）。我哪里知道这儿就是我人生轨迹改变的开始！那可怜的两支粉笔竟是我一生与知识为伍的见证！我老家的侄儿在外打拼几年，在城里置了房产，最近找我解决孩子入幼儿园的问题。找人打听才知道，户口证、免疫证、社区证明缺一不可，学费每学期800元少一分不行！短短三十年的时间，小孩入学学费涨了这么多！

我上小学时根本没有课外作业，寒暑假作业更不用说了，这可能是让现在的孩子羡慕的一件事情了。是否因我的学习悟性好一些，期中、期末考试总是第一名，伙伴们都愿意和我接近？一次正上课时，坐在最后排的小兔子（小名）趁老师板书的工夫抛给我一个纸团并且诡秘一笑。我迫不及待地打开纸团，正诧异这黑乎乎的东西为何物，猛抬头发现老师正和我四目相对，吓得我赶紧扔了那纸团。下课后老师的脚刚出教室，我后面的伙伴便蜂拥而上争抢那个纸团！天地良心，那黑乎乎的东西竟是兔肉！（要命的是那时我从未吃过兔肉！）小兔子为讨好我，专从家里偷来的。只是那黑乎乎的兔肉让我遗憾了好一段时光。

　　五年级时数学老师是常光敬。那时他年轻气盛，体罚学生很有一手（那时还没有教师法），大家都怕上数学课。印象中，无论男生、女生，除了我，没有未被他体罚过的。上课铃一响，他走进教室第一件事就是叫我出去搞个教棍来。天天如此，教室周围（学校没有院墙）的小树树枝几乎都被我折光了。这事对我来说很为难：枝条太小，完不成老师任务（有时还要重搞）；枝条稍大，伙伴遭殃。多年后我回去看望常老师，聊起昔日话题"为什么总让我找教鞭"时，他莞尔一笑："因为你每次都给我找一个比较小的啊！"想起来了，难怪他每堂课只处理两三个学生，教鞭只是营造声势罢了。原来善良是可以用来感动的！

　　人生可以不成功，但人生绝不缺少感动！